虚構推理

スリーピング・マーダー

城平 京

講談社
タイガ

イラスト——片瀬茶柴
デザイン——坂野公一（welle design）

目次

登場人物＆事件紹介

岩永《いわなが》　琴子《ことこ》――西洋人形めいた美しい女性。だが、幼い外見のため中学生くらいに見えることも。十一歳のころに神隠しにあい、あやかし達に右眼と左足を奪われ一眼一足となることで、あやかし達の争いやもめ事の仲裁・解決、あらゆる相談を受ける『知恵の神』、人とあやかしの間をつなぐ巫女となった。十五歳の時に九郎と出会い一目惚れし、強引に恋人関係となる。

桜川《さくらがわ》　九郎《くろう》――琴子と同じ大学に通う大学院生。自らの命と引き換えに未来を予言する「件《くだん》」と、食すと不死となる「人魚」の肉を、祖母によって食べさせられたため、未来を決定できる力と、死なない身体を持つ。あやかし達から見ると、九郎こそが怪異を超えた怪異であり恐れられている。恋人である琴子を冷たく扱っているように見えるが、彼なりに気遣っているのかもしれない。

桜川《さくらがわ》　六花《りっか》　——　九郎の従姉で、彼と同じ能力を持つ女性。とある目的のために、九郎たちとは敵対関係にある。

【鋼人七瀬】事件—　鉄骨片手に街を徘徊するグラビアアイドルの都市伝説。琴子と九郎は、真実を求めるよりも過酷な「虚構の推理」を構築することで、都市伝説を虚構へと戻そうとする。

虚構推理

スリーピング・マーダー

第一章　岩永琴子《いわながことこ》は高校生だった

岩永琴子は高校一年生の時、部長である天知学《あまちまなぶ》の企みのため、ミステリ研究部に入部することになった。一連の出来事に関わった小林小鳥《こばやしことり》が結果をまとめるなら、そういう風になる。

つまり部長の天知が岩永に勝利したと言えるし、岩永も敗北を認めたのだが、事はそう単純でもなかった。

私立瑛々《えいえい》高校は県内で最も名高い進学校で、日本の東側と範囲を広げても学力と生徒の質に関して五本の指に入る学校と言われる。

全国規模の模擬試験が行われればその生徒名が成績上位二十名以内に幾人も並び、文武両方の部活動において全国的に名を知られるものがいくつもあるなど、その評が伊達《だて》ではないのは明らかだろう。良家の子女の入学も多く、その品格の面でも有名であった。

かといって授業や指導内容が過酷であるとか、校則が厳格で多岐にわたる窮屈なものというわけでもない。進学校であるから授業は楽ではないが、課題や授業数が他の進学校に比べて多いわけでもない。校則も常識の範囲内にとどまり、ほとんどが生徒の自主性を第一にしている。充実した校内設備もかなり自由に使えるようになっており、それでも大きな問題が起こらず、その空気がまた生徒からの人気を高くしている。

逆に言えば高い人気と競争率によって、そういう環境でもきちんと自身を律し、結果を出す意志を持てる生徒を学校が多く入学させているということだろう。

とはいえどんなに優れた学校であっても、学校は学校であり、生徒は生徒である。優秀な者が集まっても成績の順位はつき、順位が低ければそれなりに落ち込むし、最下位に泣く生徒は必ずいる。部活動でもレギュラーと補欠は生じるし、友達がうまく作れない、日々がいまひとつ充実しないといった悩みだってあるのだった。

「危機的状況だ」

私立瑛々高校ミステリ研究部の部長である天知学が放課後、部室で開いたノートパソコンを前に、椅子《いす》に座ったまま重々しくそう言うのを小林小鳥は聞いた。

「はい？」

一年生の女子部員である彼女は読んでいた文庫本から目を上げ、机を挟んで斜め向かいにいるその天知部長をうかがう。

普通の教室を半分にしたくらいの広さの部室は、本棚やロッカーや机、六脚ばかりの椅子が置かれた、これといった個性のない空間だ。強《し》いて言えばどこで手に入れたか知れない高さ二十センチほどのエドガー・アラン・ポーの胸像が飾ってあることや、本棚に古いミステリ小説がびっしりと並んでいるのがミステリ研究部らしさだろう。

天知は小鳥が要領を得ない表情なのを見て取ってか、発言を補足した。

「勘が悪い相槌《あいづち》を打つな、小林。六月になったのに、一年の新入部員がお前ひとりしかいない。名簿上、三年生にも部員は二人いるが名前だけで活動はしておらず、二年は部長の俺ひとり。現在この瑛々高校ミステリ研究部の部員は俺達だけと言っていい」

小鳥はどう返事すべきか迷った。部員が少ないのは自分が入部する時点でわかっていたことであり、少ないのが小鳥がここに入部する理由のひとつになったのだ。

「でも先月はこれでも余裕に構えてたじゃないですか。焦っても仕方ないって。梅雨入りしたからって急に問題視するのも」

「先月はまだ入部希望者が現れる気配があった。だが今はどうだ。このまま部員数が五名を割った状態が続けば、部室も取り上げられ廃部に追い込まれる公算が高くなる」

小鳥は開いた文庫本で口許《くちもと》を隠すようにしてその学校方針には同意した。

「部員数が少ない部はそうされても文句は言えませんけど」

「ああ。部室が欲しい新設の部はいくらでもあるし、使える部屋も限られてるからな」

天知もその正当性は認めているらしいが、現状に不満はあるようだ。

「しかしどうしてこう新入部員がいないんだ。一時期に比べればミステリの人気は下がっているだろうが、同好の仲間と議論したいという者はいつもいるはずだ」

「ほら、最近はネットとかでそういうのできますし」

小鳥はもっともな原因を挙げたが、天知は鼻を鳴らす。

「その上ミステリは昔に比べ、あまりに拡散し過ぎた。パズラー、サスペンス、スリラー、ハードボイルド、コージー、どれもミステリと呼ばれるが、内容は大きく違う。それぞれのファンで話が合うとは限らない」

「同じ球技でも、野球が好きだからってクリケットが好きとは限りませんしね」

「最近は出版数も多いからな。自分が好きな作家やジャンル以外の作品を読もうと思ってもなかなか時間がない」

「この学校、ちゃんと勉強しないとついていけませんし」

小鳥はしおりを挟んで文庫本を閉じる。天知が本気で現状を憂《うれ》えているようなので、ちゃんと問題点を指摘した方がいいと判断したのだ。

「まあ、でも、部長の雰囲気がもうちょっとこう、フレンドリーと言いますか、そういうのだったら部員が入る可能性もまだ増えると思いますよ?」

「俺はいつも友好的だ」

「目つきも立ち振る舞いもいつも隙《すき》がなくて、表情筋もあまり動かさないでしょう。それに加えて大柄《おおがら》ですから、けっこう威圧的ですよ？」

「だから入部希望者を迎える時はこうしていつも席についている」

姿勢良く背筋を伸ばし、腕と足を組んで天知は座っているが、小鳥はそれも駄目と思う。

「その格好がまた冷たく相手を値踏みしてる風に見えるんです。議論すれば、必ず泣かされそうに思えますって」

小鳥はそういう天知にはもう慣れたが、こういう部長がいる部には二の足を踏んでしまう者は多いだろう。天知の家は武道を重んじる家柄で、彼も小さい頃から柔道や剣道といったものを複数習わされ、それぞれ段位も持っているという。だから学校でまで体を動かす気はないと、昔から好きなミステリの部に入っているそうだが、威圧感が生じるのは当然とも言えた。

たとえ部室にいかにも文系の小柄な女子である小鳥が一緒にいたとしても、この部長に捕まって部に入るのを余儀なくされた犠牲者に見えそうだ。あながち間違いでもないが。

天知もいくらか自覚があるのか、小鳥の指摘に直接的な反論はせず、座り直してさらに瞳《ひとみ》を隙のないものにした。

「だが二十年以上続くこの部を、俺の代で潰《つぶ》すわけにはいかない」

「でもこの時期、部活をする気のある生徒はすでにどこかに入部してますよ。うちの学校、部は強制じゃありませんし」

「だから部の存続のためには思い切った手がいる」

天知は言って指を一本立てた。

「そこで一年の岩永琴子を、この部に入れようと思う」

小鳥は天知の考えがまるで測れずしばし呆気《あっけ》に取られ、それから尋《たず》ね返した。

「あの岩永さんをこの部に?」

岩永琴子。彼女はある意味、今年度の一年生の中で最も知られている女子生徒であり、有名な企業や名家の後継ぎとなる生徒がいくらでもいるこの学校でも、特別視されている少女だった。


天知から企みを聞かされた翌日、小鳥は放課後の廊下を重い気分で歩いていた。今日は午後から雨が降り出し、その湿気《しっけ》と雨音もいっそう気分を重くさせる。

あの岩永琴子にミステリ研究部に入ってもらおうなんて、いくらなんでも無理である。

小鳥は岩永と同じクラスになってはいても、いまだちゃんとしゃべったこともないのだ。

とりあえず、岩永について知っている情報を頭の中で整理してみる。

入学式の時から岩永琴子は、その姿からして注目の的だった。

まず同じ高校一年生と思えないほど小さく、可憐《かれん》だった。襟足を隠すくらいの長さの髪はふわりと柔らかそうで、瞳は大きく澄んでおり、肌は白く、手足はバランスが取れて細く、指も足先も小さかった。高貴な西洋人形とはかくや、という容姿は男子だけでなく女子の目も引くものだった。黙って座っていれば人形と勘違いしてもおかしくなく、触れれば壊れるのではないかといったはかなさも彼女は感じさせた。

さらに岩永は飾りのない赤色のステッキをなぜか持っており、足が不自由とも見えなかったが歩く時にそれを時折床に突き、教師も注意していなかった。皆、何かあるのだろう、とは察せられたが、尋ねられるものではなかった。岩永琴子は何もかも謎《なぞ》めいていた。

同じクラスになった小鳥は、彼女がそこでの自己紹介の時、左足が義足で、そのためステッキを持つのを学校から許可されていること、また右眼《みぎめ》も義眼であること、体育の授業などで配慮は必要だが日常生活は問題ないことを説明された。なぜ義眼と義足になったかは、小学生の時にちょっとしたことで、と済まされ、その時は誰も深く質《ただ》さなかった。よほどの理由に違いないので、うかつに訊《き》けなかったのだ。

しかし良家の子女には事欠かないこの高校である。岩永という姓は一般には知られていないが結構な名家のもので、

『あれが音に聞く岩永の御令嬢か！』

と気づく生徒が何人もおり、瞬《また》く間《ま》に情報が広まった。

それによると彼女は十一歳の時に何者かにさらわれ、二週間後に発見されたものの、その際には右眼がくりぬかれ、左足が膝下《ひざした》あたりから切断された姿になっていたという。事件もいまだ未解決とされている。さらに彼女にまつわるただならない話はどこまで本当か知れないが、いくつもあるのだ。

小鳥は昨日、そういったことを部室で天知にあらためて説明したものである。

「岩永さんの噂《うわさ》は私だけでなく、他からもあれこれ聞いてますよね？　彼女、すごく可愛《かわい》らしくて綺麗《きれい》だし、性格も明るい感じはするんですけど、どこか近づきがたいんですよ。一度くらい話してみたいなあ、とは思うんですけど」

「皆いまだに声がかけづらく、彼女いつもひとりでいるんだろう？」

天知はそれがどうした、と小鳥の心情を解す様子もなかった。

小鳥はこの二ヵ月くらいの岩永を取り巻くクラスの空気を何とか伝えようとした。

クラスで彼女を無視しているわけではなく、朝の挨拶《あいさつ》や必要な遣《や》り取《と》りはちゃんとしているし、岩永も和やかに受け答えするが、それ以上に踏み込んだ、私的で親しい日常会話に発展しないのだ。

「過去の事情からするとどんな心の傷があるか知れませんし、下手に接触したら取り返しのつかない失敗をしそうと言いますか。けっこう名のある家の人でも、彼女には遠慮してる様子があるんです。先生でさえそうなんですよ？」

「心の傷とか気にし過ぎと思うがな」

天知は近くで岩永を見ていないから無責任に言えるのだ。岩永のびっくりするほど細い首や指を見れば、彼女には何かありそうと直感できるはずである。

「それだけじゃなく彼女、不思議な力があるなんて噂もあるんですよ？　この学校でも、誰もいない中庭や教室で何かと話してるような姿を何度も目撃されたとか」

「ああ、霊でも見えてるのかってやつだろう？　中学の時もそういう話があったらしいな。他にも彼女のその力による助言で家業がうまくいったり、知り合いの企業なんかでも彼女の口添えでトラブルを防いだって話もあるそうだが」

「ええ。それに先月、グラウンドの横を歩いていた岩永さんにサッカー部のミスキックしたボールが直撃しそうになったらしいんですけど、その時、岩永さんの手前でボールが急に下に落ちて、横に転がっていったそうですよ？　まるで何か見えないものに叩《たた》き落とされたみたいに」

その時近くにいた生徒やサッカー部員の証言によれば、ボールは相当の勢いで彼女に向かって飛んでいき、危ない、との声も周りから上がったが、直撃は免《まぬが》れないと誰もが肝を冷やしたというのだ。

天知は見えない守護者などいるわけないと、その傍証を切って捨てる。

「それは目の錯覚か、彼女がステッキを上げてうまく弾《はじ》いたのがそう見えたとかだろう。助言や口添えでトラブルが解決したっていうのも偶然に尾ひれがついたか作り話だな」

「ひたすら面白みのない解釈ですね」

「合理的解釈と言え。ミステリはそれが第一だ」

ミステリ研の部長の矜持《きょうじ》から出る主張だろうが、小鳥としては岩永が超常の加護を持っている方が、よほど理屈に合っていそうに思えた。

「でも最近は、幽霊もオカルトもありっていうミステリも多いんでしょう?」

「それは邪道だ。俺はミステリと認めない」

天知は小鳥の反論を一蹴《いっしゅう》して話を元に戻す。

「とにかく岩永琴子をうちの部に入れる。それがミステリ研存続の最善策だ。小林、同じクラスなんだから部室に連れて来るくらいできるだろう」

「嫌ですよ。岩永さんも迷惑でしょうし」

天知はすると悠然と椅子に座り直し、カードゲームで有力な手札を開くごとく言う。

「断るなら毎日ひとつ、小林が未読のミステリのネタばらしをするぞ」

「ええ?」

ミステリにおいてネタばらしは御法度《ごはっと》である。

しかし天知はためらいもしなかった。

「ルース・レンデル『ロウフィールド館の惨劇』の犯人はユーニス・パーチマン、動機は彼女が読み書きできなかったからだ」

「ひ、ひどい！　それ、タイトルもかっこいいし面白そうなのに！」

小鳥はその作家も作品も知らなかったが、読みたい気にさせられる要素があるし、動機もどんでん返し的な扱いがされていそうな特異なものである。ばらしていいものではないはずだ。

天知は悪びれもせず命じる。

「嫌なら明日の放課後にでも岩永琴子を部室に誘え。彼女、わけありのお嬢様とどこでも知られてるせいで敬遠され、友達作れず困ってるだけかもしれないぞ？」

そして小鳥の今日にいたる。雨粒の流れる窓を背景に廊下を歩き、岩永の姿が視界に入らないかと首を巡らしながらつい呟《つぶや》いた。

「部室に誘おうにも岩永さん、どこにいるんだろう？　今日最後の授業が終わってすぐ教室を出たみたいだけど、鞄《かばん》は置いて行ってたかな？」

一応、天知の指示通り、岩永に声をかけようと考えてはいる。だがその当人を見失ってしまっていた。

同じクラスであっても席が離れているとなかなか接点が持ちにくく、気がつくと教室にいなかったり、教室にいるかと思えば休み時間が終わりになっていたりとタイミングがつかめなかった。

昼休みも岩永はどこかひとりで昼食をとっているらしく、いつも教室にいない。こだわりがあるのか、クラスのどのグループからも外れてひとり教室で食べるのはさすがに抵抗があるのか。生徒に評判のいい、メニューも充実した学食もあるのだが、そこに行っている様子もない。彼女が行っていればそれだけで噂になるはずだ。

だとするとトイレの個室にこもって昼食をとっているのか。小鳥はあの小さな少女がトイレの扉にステッキを立てかけ、ランチボックスを抱《かか》えている姿をつい頭に描き、いたたまれない気分になった。それだけはないと信じたい。

「下校してれば、教室に鞄はないかな」

時間は午後四時に近い。小鳥は自分のクラスの教室を覗《のぞ》いて、それで岩永の鞄がなければ今日はあきらめ、ミステリ研の部室に行くことにした。天知も小鳥がこの時間まで努力したのを示せば、無情な真似《まね》はしないだろう。

そうして教室に戻って来た小鳥だが、そこに捜していた岩永琴子がいた。

赤いステッキを机に立てかけ、窓際の自分の席に座って壁にもたれながら目を閉じていた。雨音を受けながら眠っているようだった。

教室には他に誰もいない。照明も消されたままで雨天の外からの光は乏《とぼ》しく、薄暗い中、呼吸もしないそういう人形のように岩永はそこに座り、まぶたを下ろしていた。

小鳥はその姿にしばし立ち尽くしたが、我に返ると音を立てないよう静かに歩いて岩永に近づく。彼女のそばまで来てようやく寝息が聞こえ、やはり眠っているだけだったかとほっとする。

可憐だった。小鳥は岩永をこれほど間近で見たことがない。肌の質感や睫毛《まつげ》の造作は見事過ぎて、離れて見ていた時以上に人形らしく映る。もし左足だけに触れてそれが人工物とわかれば、他の部分もやはり人工だと確信してしまいそうだ。

これは写真に撮っておけば売れるのではないか。

そんな俗っぽい考えがつい頭をよぎり、売ったりはしないものの撮っておいて保存する価値はあるかと携帯電話を取り出し、彼女に向ける。

だがまるでその動作に気づいたごとく、岩永は壁にもたせかけていた体を起こし、うん、と伸びをした。小鳥はいきなりとあって携帯電話を取り落としそうになる。

岩永は伸びをしながらどうでも良さそうに小鳥へ言った。

「私を不用意に撮らない方がいいですよ。妙なものが写ったりしかねませんから」

「みょ、妙なものって、霊的なものとか？」

小鳥は彼女に関する噂から、写真を撮ると幽霊の類《たぐい》が写り込むのではと恐る恐る返したが、岩永は首をひねる。

「うーん、どちらかというと『まくら返し』的なものかな」

「どうしてここでふくらはぎのけいれんの話になるの？」

「それはこむら返り。妖怪《ようかい》の名前なんて今時の女子高生は知りませんか」

岩永は慰めるように手を振った。

小鳥はあなたも今時の女子高生でしょうと言いかけたものの、とりあえず写真を撮ろうとしていたのを怒っていないのには安堵《あんど》する。

かといってこのまま逃げるのも印象が悪いだろうし、まずあやまるのが筋か、と次の行動に惑ってしまった。

するとと助け船を出すごとく、岩永は座ったまま小鳥へ穏《おだ》やかに問いかけて来た。

「それで、小林小鳥さんでしたか、私に御用ですか？」

彼女はろくに話してもいないクラスメイトの姓名を憶《おぼ》えているのか、と小鳥は少し感動しながら、この機会を外してはいけないと、そもそもの目的を慌てて語る。

「あ、あの、私、ミステリ研究部って所に入ってるんだけど、そこ部員が実質二人しかいなくて困ってるんだ。それで良ければ岩永さんも入ってみない？　あ、ミステリってわかる？　推理小説とか探偵小説とも言うんだけど」

「それはわかりますが、ミステリ研ですか」

もしかすると彼女はミステリとは何か知らないかもと小鳥は懸念したが、それくらいの俗世の知識はあるようだ。

岩永は立てかけていたステッキを手に取り、その先を床につけて思案する顔をした。

「小林さんが誘うにしても、他に親しくて可能性のある人がいると思いますが。それに私ひとり入ったところで焼け石に水では？」

岩永から思ってもみないほどに怜悧《れいり》な目でうかがわれ、小鳥は横を向きながら言葉を濁《にご》す。

「私もそう思わないでもなかったんだけど、部長に岩永さんを一度部室に連れて来るよう言われて」

そして昨日部長が語った岩永琴子を入部させる本当の狙《ねら》いを思い出す。

『岩永琴子の両親はこの学校の理事長と親しく、社交界でも影響力があるという話だ。そして彼女はいろいろあった娘で、中学の頃は車で送り迎えされていたという。過去の事情からすれば親も心配して当然だ。さらに他の名のある家の者でも、彼女には遠慮があるというじゃないか。学校としてはそういう家のわけありの娘には、何か言われずとも他より少なからず気を遣わねばと思ったりしないか？　目立つ生徒でもあり、心の傷とかが関わるならなおさらな』

天知は表情を動かさず、冷徹に語ったものだ。

『だとすれば、彼女や周囲の自主性は守りつつ、彼女が学校でトラブルに関わらないよう配慮しないわけにはいかないだろう。事実、教師も彼女には接しづらそうにしているんだ。なるべく刺激はしたくないはずだ』

小鳥としてもそれには同意できた。有力な保護者のいる生徒に何かあれば学校としても困るし、岩永はどうしても目立つのだ。

『露骨に優遇はできないだろうが、彼女が入っている部を即座に潰そうとは動けないんじゃないか？　彼女やその親がどんな反応をするか知れないんだ、敢《あ》えて藪《やぶ》をつつく必要はない。せめて彼女が卒業するまでは存続してもいいとは考えそうだ。部費のカットはあるだろうが、部室が守れるだけでこちらには十分だ』

特に不祥事がなく、幽霊部員でも書類上数が揃《そろ》っていれば、部があるのを黙認するくらいは学校側の心理的抵抗も少なく、他の部からも文句は出にくいだろう。

『それに噂の令嬢が入った部活ってことで、他の新入部員が集まるのも期待できる。近づきがたいが、彼女と話してみたい、近くで見てみたいって生徒もいるだろうからな。彼女を入部させれば、ミステリ研はかなり有利になる』

対策としての有効性や即効性は小鳥も認めはするが、健全性や倫理性の面で引っかかりを覚えるのはどうしたわけか。

その岩永という愛らしい同級生を目の前に、小鳥は悩む。さすがにこれをそのまま岩永に説明するわけにはいかない。良心に鑑《かんが》みてどこまで教えるべきか。

するど岩永が愉快そうに口を開いた。

「私の立場を利用して部が潰されるのを避け、うまくすれば部の存在が有名になって他の生徒も呼び込める、といった狙いかな。その部長さん、悪い発想ではありませんね」

「えっ、部長の狙い、すぐわかるんだ！」

察しの良さに小鳥は驚愕《きょうがく》するしかない。世間を理解し、自身を客観視できていないとなかなか気づけないと思うのだが、岩永はそれらを身につけているようなのだ。

「大したことじゃあありませんよ」

岩永はいたわりを感じさせる微笑《ほほえ》みで応じる。

小鳥は膝をついてあやまるしかない。

「えーと、ごめんなさい。私もそういう企みどうかと思うんだけど、岩永さんを誘わないと私がまだ読んでないミステリのネタばらしをするって言われて。昨日もそれで『ロウフィールド館の惨劇』っていう面白そうなやつの犯人と動機をばらされたんだ」

これに岩永が怪訝《けげん》そうな顔をする。

「犯人はユーニス・パーチマンで、動機は読み書きできなかったからって？」

「え、知ってるの？　あ、岩永さん、ミステリ読むんだ？」

「有名な作品ですし、役に立つかもと思ってそれなりに」

「はー、意外だねー」

小鳥は岩永はもっと浮き世離れしたお嬢様で趣味も話も根本的に噛《か》み合わない所があるかと恐れていたが、いざ話してみるときちんと噛み合うし、岩永の方が気を遣って話が続きやすくしてくれてもいそうだ。

岩永はそんな小鳥に苦笑する。

「あとそれ、ネタばらしになっていませんよ。犯人と動機は本のあらすじ紹介にも書いてありますし、そもそも本文の一行目から書かれてる内容だから。その作品はどうしてそういう結果になったかを読ませるものなんです」

「え、そうなんだ！」

「その部長さんも不用意なネタばらしは良くないというマナーは守ったんでしょう。小林さんをからかっただけかもしれないけれど」

小鳥は返す言葉に窮した。天知にからかわれるのは仕方ないが、どうもこの岩永からも子ども扱いされている気がする。

ただ格の違いは事実だろうと、肩を落としてしまった。

「岩永さん、ミステリに詳しいみたいだし、うちに入っても悪くないんじゃない？」

小鳥よりよほど読んでいるに違いないし、これまでの遣り取りからして頭の回転もずっと速そうだ。推理小説の名探偵というのはこういうものかもしれないとまで感じてしまう。

岩永はまた小鳥を観察するがごとく見た。

「小林さんはどうしてその部に？　ミステリに詳しくもなく、まだ初心者でしょう」

「うん、かなり初心者」

「なのに難のありそうな部長ひとりしかいないミステリ研に入り、辞めもせず素直に使い走りまでしているのは不自然ですね。弱味のひとつも握られて強引に部に入れられたってところですか？」

また筋道立てて痛い所を突く。小鳥はこれにも横を向いて言葉を濁した。

「まあ、弱味を握られてると言えなくもないけど」

やはり大っぴらに語るにはあれこれ抵抗がある。

岩永はわずかに目を細め、次に息をついた。

「興味深い部長さんですね。無視すると小林さんが大変そうです」

そして通学鞄を手にし、ステッキに体重をかけて立ち上がった。

「ご招待にあずかりましょう。部室に案内してくれますか？」

窓の外からの雨音は変わらず続いている。岩永琴子は小鳥の返事も待たず、教室の出入り口へと歩き出した。

「きみを誘った理由が不純なのは認めよう。入部してくれれば週に二度ばかり部室に顔を出してくれるだけでいい。携帯電話の番号もアドレスも尋ねない。無理にミステリを読むよう勧めはしないし、部誌発行への協力も強制しない。部室でうたた寝しているなら俺達は小さな声で話そう」

岩永を部室に迎え入れた天知は手ずから椅子を引いて彼女に座るよう促《うなが》し、自分は机を挟んでその正面の席につくと、望むところを堂々と語った。小鳥はそのすぐ横に立って、なるべく岩永を怖がらせないよう天知を抑える風にしていたが、天知の下心を隠そうともしない態度にはあきれるより感心する。

薄く微笑みを口許にたたえる岩永に、天知は続けた。

「部員となればここを自由に使ってくれていい。昼食の場所にするのもいいし、放課後の暇つぶしや自習室、荷物置きに使ってくれてもいい。友達もなく、クラスで浮いているきみとしては、学内に誰の目も気にせず避難できる場所があるのは有用だと思うが」

「ぶ、部長、そんなはっきり言わなくてもっ」

岩永の自尊心を傷つけかねない表現に小鳥は焦って天知の肩に手をやったが、岩永はくすくすと笑って小鳥を制する。

「もともと学校で私的な付き合いをする気はありませんし、人の目も気にしませんよ。避難場所は必要じゃあないですね」

「と、友達は大切だよ？」

それはそれでどうかと小鳥は岩永の見解に疑問を呈《てい》したが、彼女は肩をすくめた。

「親しくなると説明しにくいことにうっかり触れられる恐れがあるもので。ちゃんと線を引かないと、かえって相手に迷惑をかけるんですよ」

岩永なりに理由があって学校では誰とも近しくならないと決めているらしい。その理由は意味不明だが、噂と考え合わせると聞かない方が良さそうな気がしないでもない。

天知は肯《うなず》いた。

「きみの事情に俺達は踏み込まない。きみという存在が不可抗力的に生じさせる効果を利用させてもらいたいだけだ」

天知はあくまで双方の実利を優先に一種の取引を持ちかけている。幼《おさな》いと形容してもいい容姿の岩永という少女を、そういう計算ができる相手と踏んでいるのだ。小鳥もここまで来れば、岩永が外見と違ってその中身は箱入りのお嬢様でないのは察している。彼女は威圧感のある天知と正対してまったく動じていないのだ。

「私をあくまで利用したいとの物言いは小気味良いですね。下心を隠して笑顔で近づかれるよりよほど好感が持てます」

「それはどうも」

天知の点頭に岩永は微笑みを崩さず、しかし瞳だけは冷たくした。

「ただ私がこの部に入る理由には不足していますね」

その可愛い面差しでよくここまで、というほど鋭利な目だった。小鳥はちょっと驚いたが、天知はそれも予想済みとばかり鷹揚《おうよう》に応じる。

「そうだな。ただきみはその立場をもっと自覚した方がいい。部員数が厳しい部はうち以外にもまだ多くある。部員数は足りているが、部費を増やして欲しい部もまた多くある。今後、そういう部がきみの利用価値に気づき、これから入部を求めに次から次へとやって来る可能性はあるぞ。きみに対して遠慮がある者も、背に腹は代えられないとなれば大胆にもなる」

岩永琴子が入部しているだけで何もかもうまくいくはずはないが、部費の増額や現状維持の交渉の際に有利な要素にはなりそうだ。この天知以外でも彼女のそういう価値に気づく部があれば、勧誘に動くのは考えられる。

天知は岩永を包囲するかのごとく語りかけていく。

「その都度断ればいいだけかもしれないが、数が重なり、長く続けば相当な苦労だ。一度や二度であきらめない部もあるだろうしな。きみの触れられたくない部分にうっかり立ち入られる危険性も増すだろう。もちろん、そういう迷惑を受けている、と学校か親御さんに泣きつけば解決はするだろうが」

ここで天知は挑発的に、やや小馬鹿《こばか》にしているとも取れるように身を乗り出した。

「きみはその手を是《ぜ》とするかな」

外見通りのお嬢様なら真っ先に泣きつくだろうが、岩永は苦笑を浮かべる。

「しませんね。父母は私を心配し過ぎる所があるので、それくらいで頼るとまたあれこれ干渉が増えるじゃあないですか。やっとひとりでの行動を容認してもらえるようになったのに」

二週間も行方知れずで右眼と左足を失って発見された過去があれば、大抵の親はいくつになっても心配するだろう。まだ五年くらい前のことなのだ。小鳥からすれば、そんな彼女が平然とひとりで出歩き、薄暗い教室で居眠りできている神経の方が正しくない。

天知は再度提案した。

「ならここでミステリ研に入っておくのは、平穏な日常のためにも有効ではないかな。うちはきっと、他の部ほどはきみに干渉しないよ」

「でしょうね。けれどそもそも他の部があなたと同じく私の利用価値に気づき、行動を起こす可能性が低いと思いますが。それはどちらかというと奇策の類ですから」

岩永はにこやかではあるがにべもない返事をし、用は済んだとばかりステッキを手に取る。

「私にとっては取り越し苦労です。やはりミステリ研に入る理由にはなりませんね」

その指摘通り、運営にいくら困っている部でも、天知のように考えるのは稀《まれ》ではないかと小鳥は感じる。

それでも天知はいずれ岩永の気が変わるという確信があるがごとく応じた。

「今はそれでいい。だが世の中思ってもみないことが起こるものだ。ミステリ研は、きみの入部をいつでも歓迎するよ」


岩永が部室から去って閉じたドアを小鳥はしばし眺《なが》め、ほう、と息を吐《は》いた。

「あんな可愛らしいのに、恐ろしく芯《しん》が強いなー」

天知は表情こそさして動かさないが、満足している調子で同意する。

「岩永の御令嬢は可愛らしいだけじゃない、っていうのは一部では有名だぞ。だから名のある家の者ほど下手に関わりたがらないとも言われている」

理解しがたい面もあるが、話が通じて冷静な判断を期待できる相手ではあるだろう。

「でもその分きっちり弱点を見抜かれ、入部を断られましたよ。彼女の言う通り、部長みたいに岩永さんを利用しようなんて思いつく部はそうありません。願望が過ぎますよ」

いわばはったりの脅しを見抜かれたのだ。

天知はそこで足を組み直し、腕も組んだ。

「どうかな。思いつかないなら教えてやればいい。俺はこの後『部に彼女を入れれば有利になる』って情報を広めるつもりだ。もちろん俺が発信源とはわからないように」

小鳥は二度まばたきをしてしまった。

天知は単にはったりをかけただけでなく、そこから岩永を追い込む策も準備していたのだ。さらに天知はその噂だけでは不十分な点にも考えを及ぼしていた。

「その上で、『彼女のご両親は娘が学校で友達もなく孤立しているようなのを心配し、どこかの部に入ってくれればまだ安心なんだがと思っている』という噂も流す。これで彼女をただ利用するのには抵抗がある部も積極的に誘っていい気持ちになる。大義名分も立つからより近づきやすい。むしろ誘うのが善行と思うな。学校側としても孤立しているよりは彼女のためになると判断する。彼女自身が迷惑を訴えない限り、それを止めようとはしないだろう」

部の利益になり、岩永の両親も望んでいるとなれば、少々迷惑がられてもむしろ彼女のためといっそう勧誘が過熱しそうだ。学校側もしかり。またその噂は根も葉もないとも言えないだろう。

「その噂、岩永さんを追い込む策だとしても真実味がありますね。ご両親、絶対彼女を心配してますよ」

「ああ、あの子、頭はいいし世間もわかってるみたいだが、妙に危なげなんだよなあ」

天知は岩永を利用しようとしてはいるが、人として情の湧《わ》く部分もあるらしく、本気で案じている風だ。ただここは割り切ってか、きっぱりと言い直す。

「ともかく二週間とかからず、彼女の所に多くの部が勧誘に押し寄せるだろう。そうなれば、うちに入るのが彼女の平穏には一番と計算ができるはずだ。月末には岩永琴子はミステリ研の部員だよ」

自分は動かず、利用できるものを利用し、望みを達成する。小鳥は天知の知略に感心しつつも、ふと浮かんだ懸念を口にした。

「ミステリを長年読んでると、そんな風に頭が働くようになるものなんですか？」

「知恵は人の罪であり、徳でもある。それを娯楽にしたのがミステリだよ。それ以上かそれ以下かは読む人次第だな」

わかったようなわからないような回答だったが、岩永琴子が天知の策によってミステリ研に入る未来は、かなり可能性が高いと小鳥にも思えた。

翌日、放課後に担任から用を頼まれた小鳥は、それに手間取っていつもより遅くミステリ研の部室にやって来た。昨日の雨は上がり、朝から天気が良く、小鳥はいつもと変わりなく部室のドアを開ける。

するとそこには椅子に座り、上機嫌な顔でハードカバーの本をめくっている岩永琴子と、その向かいで敗軍の将のごとく沈痛な面持ちで背を丸め、机の上に肘《ひじ》を立てて組んだ手に額を当てている部長の天知がいた。対照的な二人だった。

ある意味、二人の様子が逆であるならまだ小鳥も戸惑わなかった。天知の策略によって岩永が渋々《しぶしぶ》ミステリ研に入部した、という状況なら、岩永が不機嫌で天知は胸を張って腕を組んでいるだろう。

しかしそうではないのだ。

「岩永さん、どうしてミステリ研に？」

小鳥は部室のドアを閉めたものの、その前に立ったまま岩永に尋ねた。岩永は本から小鳥へ顔を向け、やはり上機嫌に答える。

「本日こちらに入部しました。以後よろしくお願いしますね」

回答は明快であった。明快であったが小鳥は理解に時間を要し、理解した後にも根本的な疑問が湧き上がって来る。

「え？　でも昨日入部せず帰ったばかりだし、第一まだ」

「まだ部長さんは私を追い込む噂を流しておらず、よって私の所に誰も部の勧誘に来ていないのになぜ、ですか？」

岩永は小鳥の心を読んだごとく、さらりと言ってのけた。

その通り、天知は噂の元が自分だとたどられないよう、慎重にそれらを流す準備が必要なため、まだ本格的には動いていなかったのだ。だから岩永がミステリ研に入部せざるをえない状態にはなっていないはずなのだ。

驚いて言葉の出ない小鳥に、岩永が続ける。

「部長さんが私をここに入部させるのに、他の部を動かす噂を流すのは予想できました。私を部室に招待したのもその布石でしょう。私としては部長さんの狙い通りの展開になると面倒でしたので、噂が流される前に手を打つ必要がありました」

昨日、部室を去る段階で岩永は天知の策を読み切って、その先へと頭を働かせていたというのか。

「鍵《かぎ》となったのは、小林さんがこの部にいることです。あなたがこの部にいるのは不自然であり、部長さんに弱味を握られ強引に入部させられているのかと思いました。あなたもそうであるような返事をされましたが、実際にここに来てみると違う感じがしました」

小鳥は岩永が何を言いたいのかつかめず、ぽかんと聞いているしかない。

「意に反して部にいるにしては、部でのあなたは自然体であり、問題の部長さんに対して苦手意識があるようでもありません。むしろ部長さんと近い距離にあり、部長さんも小林さんがそうあるのに安心している風でした」

岩永は小鳥と天知の二人へにこりと笑む。

「つまり二人は親しい間柄、恋人同士と推測できたんです。小林さんは惚《ほ》れた弱味もあって、この部に入ったわけですね？」

自分より小さい童顔の少女に恋人同士とか惚れた弱味などと真正面から言われると何やら恥ずかしく、小鳥は赤面して少し取り乱す。

「う、うん。他に入りたい部もないし、部員が少ないのが悩みって聞いてたから」

「付き合い始めて長くはないのでしょう？」

まるで凄腕《すごうで》の占い師だ。岩永は小鳥が親にも教えていない事実を次々に指摘していく。もはや圧倒されて認めるしかない。

「去年の十二月くらいから。中学三年の夏休みに図書館で知り合って、勉強教えてもらってるうちに、こう、受験に勢いをつけるためにも私から告白して」

瑛々高校を受験するのに図書館で勉強していたのだが問題が解けず、これでは合格は無理だと涙ぐんでいるところを、海外ミステリの蔵書を借りに来ていた天知に助けられたのだ。天知は小鳥が瑛々高校入学を目指して図書館に通っているのを問題集などから気づいており、後輩になるかもしれないなと思っていたところ、涙ぐんでいるのについ問題の解き方を指南しないではいられなかったそうだ。

そういった事情を聞いた岩永はひたすら愉快そうにしている。

ません。また部室を欲しい部が、それを狙って意図的に邪《よこしま》な噂を流すこともあるでしょう」

その可能性をまるで考えられずミステリ研に入り、喜んでいた小鳥はつくづく子どもだと頭を抱えたくなった。それを当事者でもないのにたちどころに想像できる岩永の方がどうかしているとも思うが。いかがわしい話題など最も縁遠そうな雰囲気なのに。

「部室が取り上げられなくとも、噂が立てば小林さんは好奇の目にさらされますし、ご両親も二人の付き合いに反対されるかもしれません。よって部員が二人しかいない状態では恋人同士であるのを大っぴらにしにくいわけです」

岩永は言いながら、苦い顔をしている天知を示した。

「だから天知部長は、なんとしても早期に部員を増やす必要がありました。そこで私を利用する企みを考えついたわけです」

だから。それは小鳥が聞いた動機と違った。つい天知に駆け寄って問う。

「学君！　岩永さんを部に入れようとしたの、それが一番の理由だったの！」

「学校でその呼び方はよせ。二人きりでもいずれ油断になるし、どこで誰に聞かれるとも知れない。それにここには岩永さんがいるんだ」

天知は深いため息をつきながら、小鳥をなだめるようにする。岩永はそんな二人にころころと笑っていた。

「天知部長は小林さんと早く大っぴらに付き合いたかったんですよ。それに隠したままだとあなたが他の男子に言い寄られたりしないかと気が気じゃあなかったんです。自覚はないかもしれませんが、あなたは他のクラスでも男子から可愛いと評判ですよ」

小鳥はそんな評判を聞いた憶えがないし、あったとしても可愛さの評判は岩永の方が何十倍もあるはずだ。

岩永はさらに天知をからかう調子で述べる。

「ついでに小林さん、クラスでひとりの私を気にかけてくださっていたようですね。一度くらい話してみたいと思っていたとか。それを知っていた天知部長は、うまいきっかけにもなると、あなたに私を部へ誘わせたんです」

そう言えばそんな話をしたことがある。岩永さんには怖い逸話も多いが、あんな可愛い子と仲良くなってみたいなあ、とも言ったような。

「いい彼氏さんじゃあないですか。そして彼氏さんはこれらを正直に話すのが照れくさいので、表向きは部の存続のために私を利用すると主張し、策略を実行に移したわけです」

岩永はどこまでも愉快げだ。小鳥が部室に入った時、天知を敗軍の将と感じた理由もわかる。小鳥が来る前に、岩永からこの調子で策略も真意も残らず見抜かれ、説明されたのだろう。それを小鳥の前でもやられたのだから、さんざんに違いない。

とはいえ小鳥としては、天知がそこまで自分のことを考えてくれていたとわかってちょっとにやつきそうになっていたが。

天知は決まり悪くて赤くしている顔を隠すためか、口許を押さえながら信じがたそうに言う。

「小鳥が来る前に彼女の推理を聞かされた。証拠はないが、俺達が付き合ってるのは事実だ。それでこちらが岩永さんを追い込む噂を流すつもりなら、その前に彼女は俺達のことを周囲に広めるがどうする、と取引を持ちかけられると覚悟したんだが」

「あ、そうか。こっちはそれをされたら困るから、岩永さんに手出しできないんだ！」

小鳥は、岩永が天知の真意を見抜いたことで形勢を逆転できる状況になったのをようやく理解できた。そして天知はどこまでも苦々しげにしている。

「彼女に関する噂より、俺達に関する噂が先に広がれば、彼女がミステリ研に入部する前に俺達の方が大きく損害を受けるかもしれない。そんなリスクはやはり取れない」

つまり岩永の完全勝利となる。

しかし小鳥は、自分の理解が間違っているかと首をひねった。その勝利者であるはずの岩永はここに座って何と言ったか。

「でも岩永さん、ミステリ研に入ったんだよね？」

岩永は椅子の背もたれに満足げに体重を預けた。

「はい。誰かの企み通りに動かされるのはものすごく癪《しゃく》に障《さわ》りますが、やむを得ません。

昔から、人の恋路を邪魔する者には、とんだ報《むく》いがあると言うじゃあないですか。それは怖いですからね」

怖いものがこの世にあるとはまったく感じられない岩永の態度であり表情であるが、そういうあなたの方がよっぽど怖いよ、と小鳥も本音を言うわけにはいかない。

岩永はかくて、小鳥と天知へ自身の敗北を朗《ほが》らかに告げる。

「なので悔《くや》しいですが、天知部長の目論見《もくろみ》通り入部することにしたのです。今回ばかりは私の負けですよ。まあ、この部室を自由に使えるのは悪い話ではありませんが」

微塵《みじん》も悔しそうではなく、天知の方がよっぽど悔しそうだ。結果としては狙い通り天知の企みが岩永をミステリ研に入部させたことになっているにしても、勝者はやはり岩永琴子だ。

天知もそれを承知しており、こちらは心の底からといった風に敗戦の弁を述べた。

「俺が勝ったとは思わないが、きみの入部は歓迎するよ。しかし疑問がある。きみが持っていた情報で、真実をそこまで的確に推理できるものだろうか？　きみの推理は、まるで真実を知った後でそれらしく情報をつなぎ合わせたものにも思えるんだ。だが昨日の今日でその真実を知ることができたはずもないが」

言われてみれば岩永の推理は正しかったが、あまりに速く正し過ぎてかえって嘘《うそ》のようでもある。ミステリの名探偵に時々そういう感じのする者はいるが、現実にそれを目にすると、天知でも易々《やすやす》とは受け入れられないのだろう。

小鳥はそこではっと閃《ひらめ》いた。

「ま、まさか霊的な力を使って知ったとか?」

岩永について囁《ささや》かれるまことしやかな話。そんな超常的な力を使えば真実くらいいくらでも見抜けるのでは。天知もどこかそれを疑って岩永を見ているよう。

岩永は手にしている本のページをめくり、恬然《てんぜん》と答えた。

「どうでしょう。霊とか神とか、まともなミステリで言うものじゃあないでしょう?」

肯定も否定もせず、結論は宙づり。そう言う岩永自身が神様に近いものではないか、という感覚を小鳥は受けながら、天知と顔を見合わせ、こう思う。

これはむしろ、部室を乗っ取られたようなものじゃないか。

どうやら天知も同じ感想を抱いているようだった。


こうして小鳥は、卒業まで岩永とミステリ研究部で一緒の高校生活を送ることになった。

卒業後、小鳥が再び岩永の名を聞いたのは、一年以上過ぎた頃、不穏な話題とともにだった。

第二章　六花《りっか》ふたたび

岩永琴子は十一歳の時、妖怪、あやかし、怪異、魔、そう呼ばれるもの達にさらわれ、右眼と左足と引き換えに、そのもの達の『知恵の神』となった。すなわちそのもの達の間に起こる争いやもめ事の仲裁、あらゆる相談などを受ける存在である。またそのもの達は時に人間社会との関わりで悩みを抱えることもあり、それを解決し、人とあやかしの間に立ってその秩序を守る役割を担っているとも言えた。

そんな岩永も現在はH大学の二年生で二十歳にもなっているが、容姿の方は幼い頃とさして変わらず、いまだ中学生くらいに見られる時もある。

「六花さんの行方はまだつかめないのか？」

ある夜更け、街の路地裏に潜む妖怪達の悩み事相談を受けた帰り、岩永は恋人の桜川《さくらがわ》九郎《くろう》からそう問われた。たった二人、横断歩道で信号待ちをしていて、彼女がかぶっているベレー帽の位置を直している時だった。

「目撃証言はたまに来るんですが、どこにいると確定的なものはまったく。あの人が姿を消してじき一年になるんですが」

問われた岩永は手にする赤色のステッキをいくらか苛立《いらだ》ちながら振ってしまう。

「全国の妖怪やあやかしに、あの人を見かけたら知らせるよう通達を出していますが、報告がすぐ届くとは限りませんし、あの人もあやかし達が少ない場所を選んで移動してもいるでしょう。どこか一ヵ所に長期間留まってくれればまた違うんでしょうが」

岩永ももう少し手掛かりが集まるかと思っていたが手応《てごた》えが乏しく、六花の方も鋼人七《こうじんなな》瀬《せ》の件以降、特に表立った行動を起こしていない。その静寂がかえって不気味に感じられなくもなかった。

九郎は二十五歳の大学院生で、外見こそ普通の男子であるが、かつて人魚と件《くだん》という二つの怪異を食べることにより、不死の体と未来を決定する能力というきわめて稀有《けう》な力を持つ存在となり、あらゆる怪異から恐怖され、どんな化け物もその気配だけで逃げ出したくなるという。

岩永はそんな九郎ととある縁で出会い、一目惚《ひとめぼ》れしてこうして恋人付き合いをするようになり、知恵の神としての役目を行う際にも手を貸してもらうようになっていた。

そして六花というのはその九郎の従姉であり、彼女もまた人魚と件を食べ、九郎と同じ力を有していた。一年ほど前、六花はその力によってこの世の秩序を乱す行いをし、今もまだその企みをあきらめていないようであり、岩永と九郎はそれを止めるため、彼女の身柄を押さえようとしていた。

九郎が探るように言う。

「お前と六花さんは、それなりに仲良くしてはいたんだよな?」

「まあ、それなりに。うちの屋敷《やしき》にいた時はこんな話をしたこともありましたか」

一時期、六花は岩永の家に身を寄せており、日常で他愛《たわい》ない会話をする機会もたびたびあった。岩永は過去を思い出しながら、その遣り取りを九郎に語ることにする。

どういう流れであったか、もらい物のロールケーキ一本を贅沢《ぜいたく》に岩永と六花の二人で分け、それぞれ皿に載せてフォークで食べながら、屋敷にある和室で将棋盤を挟んで向かい合わせに座り、盤の真ん中に無造作に積み上げた将棋の駒《こま》を指一本で音を立てずに交代で取っていく山崩しをしていた。

普通に将棋を指せばいいのだろうが、岩永も六花が相手だと頭を使うゲームは必要以上に疲れそうなので避けたのである。とはいえお互い負けず嫌いなので、このような遊びでも真剣に行ってしまうのだが。

そして六花が山から一枚、香車の駒を静かに引き寄せながら、ロールケーキを頬張《ほおば》っている岩永に尋ねて来た。

「琴子さん、あなたの怖いものって何?」

「そうですね、熱いお茶が一杯怖いですね」

　その時もフォークにロールケーキの新たな一切れを刺していた岩永は、少々口の中が甘ったるくなり、用意しておいた紅茶も冷めて少なくなっていたので真摯《しんし》にそう答えたのだが、六花は一拍の間を置いてばっさりこう言った。

「あなたのそういう所、嫌い」

「ええっ、この小粋《こいき》な返しのどこに問題がっ！　もしや落語の『饅頭《まんじゅう》こわい』を知らないんですか？　今のは古典落語の一節を引用することで教養を感じさせつつ、面倒な質問を受け流そうという高度な会話術の」

　落語の『饅頭こわい』とは、ある男が、饅頭がこわい、と言うので、周りの者が面白がってその男を怖がらせようとたくさんの饅頭を枕元《まくらもと》に置くが、男は怖がる素振りをしつつもその饅頭をうまそうに食べ、周りの者はただ饅頭を食べたかった男に騙《だま》されたと気づく、という内容である。そして男は皆から本当は何が怖いのだと問われ、甘い饅頭を山ほど食べたゆえに、熱いお茶、または苦いお茶が怖いと答えて終わる。

　六花が冷ややかな目で返した。

「だから人の真面目《まじめ》な質問を古典落語の流用で誤魔化そうとするなと言っているわけでね。あといきなりサゲの部分を使わない。ネタばらしになるでしょう」

「古典落語にネタばらしも何も」

ネタを知った上で聞く楽しみがあるのが古典落語であったりするし、演じる者によって微妙にサゲが変わったりもするのだ。

「しかし怖いものと問われましてもね、思いつかないんですが」

岩永はロールケーキを食べつつ首をひねった。六花がやむを得なそうに例を挙げる。

「女子なら蜘蛛《くも》なんかは怖くない？」

「いやあ、この前全長三メートル弱の大蜘蛛の相談を受けましたけど、別段怖くもなかったですよ。脚が長いだけで、頭なんか簡単に拳《こぶし》で割れそうでしたし」

「じゃあ蛇は？」

「蛇は妖怪や化け物の中でも大きいのがいますからね、慣れたものです。そのうちツチノコからの相談がないかと楽しみにしています」

「昆虫類は、これもあなた大丈夫そうね」

「虫が怖くて妖怪の住処《すみか》になってる山や廃屋なんかに行けませんって」

六花は深刻に考え込む顔になり、次の候補を挙げる。

「なら九郎から嫌われるのは？　ああ、現在付き合っていても嫌われているわね」

自分で挙げながらこれは論外かと否定するが、岩永には心外だ。

「嫌われてませんよ。だとしても長く付き合っていれば浮き沈みもあるでしょうし、怖がることじゃあないですね」

「それだと九郎に捨てられるのも怖くなさそうね。ああ、現在捨てられてるも同然か」

「同然じゃあありません。第一そういうのもどうにかなるものです」

「それはもう、ストーカーの発想に近くない？」

「その私の家に居候していてよくそこまであしざまに」

「あなたのご両親には気に入られているから」

六花はけして社交的ではなく、愛想《あいそう》のいい方ではないが、ちゃんとした大人には気に入られやすいのである。その細い体と幸が薄そうな雰囲気が、放っておけない気にさせるのかもしれない。

「そこなんですよ、父母もこんな隙間女《すきまおんな》みたいな人のどこがいいのか」

隙間女とは都市伝説の怪異のひとつだ。壁と家具の数ミリの隙間の中に立って住人を見つめる女で、話によってはそこから目の合った住人を異界に引きずり込むともされる。六花がいくら細身でもさすがに数ミリの隙間には入らないが、そんな印象を抱かせるくらいには細く、体の厚みも乏しい。

六花はあきれたように首を横に振った。

「あなたも恋人が大事にしている従姉によくそこまで言えるわね」

「だからあなたに私の怖いものを教えるとろくなことにならないとわかってるんですよ」

岩永もあきれて答え、それからこう尋ね返した。

「では六花さん、あなたは何が怖いんです？」

六花はしばしじっと岩永を見ていたが、いささかの冗談の気配もなく、蛇が獲物のカエルを見つめるような目ではっきり答えた。

「あなたが一番怖いわ、琴子さん」


そんな微笑ましい思い出話に対し九郎は、人魚と件を食べた影響で痛みを感じない体質を持っているはずなのに、頭痛を覚えたみたいな顔で深いため息をついた。

「お前、完全に六花さんに嫌われてるだろう」

岩永としてはまったくもって心外である。

「いえ、話の流れからすると、最後は私を好ましく思っている表現になりませんか？　ほら、饅頭こわい」

この落語は饅頭が好きだから饅頭がこわいと言う噺《はなし》なのだ。そう解釈する方が辻褄《つじつま》が合っている。

無論、六花にも岩永に対して複雑な感情はあるだろう。少なくとも九郎が岩永と付き合っているのを快《こころよ》く思っていなかった節はあった。

岩永はかぶっているベレー帽を脱ぎ、形を整え直しながら夜空を見上げた。

「あの人は今頃、何をやっているのやら」

五月十四日の土曜日の午後九時過ぎ、紺野和幸《こんのかずゆき》はアパートの自室、一〇一号に泊まりに来た恋人の沖丸美《おきまるみ》からふと思い出したといった調子で訊かれた。

――そう言えばあの女の人、誰？――

「あの女の人？」

テーブルについている丸美の前にスーパーで買った酒のつまみを並べ、冷蔵庫から缶ビールを出そうとしている時に訊かれたのもあって、和幸は何を指されているかぴんとこなかった。

丸美がつまみの袋を開ける。

「偶然見かけたのよ、先週の土曜、夕方頃、やたらとスレンダーで背の高い、けっこうな美人の女性と二人で歩いてたでしょう？」

そこまで具体的になれば、和幸も誰を指しているかわかった。

「ああ、あの人か。別に浮気とかじゃないぞ」

「それはわかってる。和幸の好みと全然違う人だから。ただこう、ただならない雰囲気の人だったじゃない？」

丸美は背が低く、肉付きのいい方なので、その逆のタイプに和幸が引かれたりはしないと自信があるのだろう。単純な興味本位で訊いているに違いない。

和幸は丸美の勘の良さに苦笑した。

「あの人は先週末、三〇五号室に新しく入った人だよ」

「えっ、あの部屋にって大丈夫？　あの人、絶対わけありでしょう！」

丸美が危惧《きぐ》する声を上げる。和幸はテーブルの前に座って缶ビールを眺めた。

「わけありの部屋なんだからわけありの人が入るのは自然なんだけどな」

和幸が現在住んでいるのは三階建て、十五部屋のアパートで、最寄り駅まで徒歩七分、バストイレ付きのワンルームの一室だった。学生や独身者が住むにはちょうど良く、家賃は安いとはいかないが、建物もまだ新しく、防音もしっかりしているとあって、都心から離れたアパートとしては人気のある方かもしれない。そしてこういったアパートにつきものなのが、『事故物件』と呼ばれる部屋だ。

「あの人、桜川六花さんっていうんだけど、先週、大きめの鞄ひとつ提げただけで、家具や日用品、布団さえ用意せずに入居して来たんだよ。最低限の着替えや身の回りのものだけで逃げて来たって感じで、これは放っておくとまずいと、近所で日用品や家財道具を安く買える所を案内したり、知り合いから布団くらいはと譲ってもらって運び込んだりしてたんだ」

このアパートは和幸の叔父のもので、現在彼が管理人と言える立場にあった。和幸が在宅で仕事をしているウェブデザイナーとあって、日頃から住人の要望や建物の管理に気を遣うよう頼まれているのである。住人も何かあったら和幸の部屋に相談に行くよう言われている。その分、和幸は家賃を安くしてもらっていた。

和幸は現在二十七歳、ウェブデザイナーとしてはまだ収入が安定せず、家賃負担が半分以下になるのは非常に助かっていた。

「管理を頼まれてる叔父さんには昔からお世話になってる。アパートの経営もなかなか大変だろうから、桜川さんには何事もなく暮らして欲しいんだ」

「だよね。あの部屋、一年くらいの間に入居者が三人連続で自殺してるんでしょう？　四人連続となったらそれこそ誰も入らなくなるよ」

「三人連続でも相当な事故物件だけどな」

住人を自殺に追いやる災《わざわ》いの部屋と断定されても文句を言えない履歴だろう。

事故物件とは、そこで事故、自殺、殺人などといった不吉な出来事があった家や部屋のことで、やはりそういう場所は借り手から敬遠される場合が多い。毎日寝起きするのだから、気持ちを重くしそうな過去のある空間を避けたいというのは人間の心理だろう。

結果的に家賃や敷金《しききん》礼金を安くして新しい住人を求めることになり、それを幸いとして入居を望む者もいるので、逆に人気物件になったりする場合もあるのだが、貸し手の収入は如実に減る。

とはいえそれで新たな入居者がつつがなくそこで暮らせれば、部屋の不吉さは薄れて次の入居者を求める時に家賃を元に戻せたりもする。だがその新たな入居者がまた不審死すれば、いっそうその部屋は借り手を探しにくくなる。

この和幸のいるアパートの三〇五号室は、偶然かそれとも超自然の必然か、入居者が三人連続で部屋の中で自死しているのである。借り手を探す支障は推して知るべしだ。

和幸は部屋の天井の方を見遣《みや》って上階を示す。

「三人連続だから、事故物件狙いで部屋を選ぶ人もさすがに避けてて、しばらく借り手が決まらなかったんだ。それでやっとあの桜川さんが入ることになったんだよ」

「でも今にも死にそうな人じゃない？」

「話してみるとそうでもないんだけど、心配は心配だよ。現在は三〇五号室のみの問題でも、そういう不吉な部屋があるってだけで他の部屋にも入居者が来なくなったり、今いる他の部屋の住人が出て行ったりしたら、それこそ大変だから」

小さなアパートだけに、ひと部屋でも悪い印象がつけば全体への波及も無視できない。管理に携わる身としては新たな住人に注視せざるをえなかった。

丸美が缶ビールを開ける。

「家賃が極端に安いから、経済的か社会的かに難のある人が集まりやすくはなるだろうけど、その桜川さん、仕事とかここに来た理由とかどういうものなの？」

「詳しくはまだ。さすがに訊きにくいし」

正規の職に就いているなら鞄ひとつで事故物件に入居することはないだろうし、気安く訊いて良い理由かどうか、やはり抵抗が生まれる。

「向こうも初対面でいきなりは話しにくいか。でも知っておいた方が何かと気をつけやすいよね」

丸美はビールを一口飲む。和幸も缶を開けようとした時、部屋のインターフォンが鳴った。立ち上がってドアを開けると、そこには今し方話題にしていた三〇五号の住人、桜川六花が立っていた。

「夜中にすみません、お仕事中でしたか?」

和幸より背の高い六花はそう小さく首をかしげる。肌は青白く、日光に当たったことがなさそうなほど。スレンダーと言えば聞こえはいいが、彼女の場合、拒食症を疑いたくなる細さと薄さだ。

けれど両の瞳には鋭さがあり、和幸などそれだけで気圧《けお》されてしまう。この時、六花は枝のような脚の形がわかるジーンズに無地のTシャツ、そこに上着を羽織《はお》っただけの簡素な姿だった。先週、和幸が買い物を手伝った時と同じ服装でもある。

和幸は慌てて首を横に振った。

「いえ、恋人が来ていて、酒でも飲もうかってところでしたよ」

「ちょうど良かった。この前手を貸していただいたお礼です」

六花は小さく笑い、左手に持っていたスーパーのレジ袋をひょいと和幸に差し出す。受け取って中を見ると、六本セットになった缶ビールのパックが二つ、合計十二本が入っていた。

「あれくらい大したことでは。桜川さんこそ入居したばかりで物入りでしょう」

最近はビールも値上がりして安くはない。第一、六花の細腕でよくこれだけの缶ビールを片手で提げて来られたものだ。

気遣《きづか》う和幸に、六花は笑う。

「今日のレースで万馬券を出せたものですから。それこそ大したことはありません」

言いながらジーンズの後ろのポケットに挿していた封筒を抜いて和幸に見せた。封筒はきちんと閉じられておらず、中に入っている札束《さつたば》が上の方にはみ出している。その厚みや紙幣の種類からすると、下手をすれば和幸の年収とさほど変わらないくらいあるかもしれない。

「それ、無造作に後ろのポケットに突っ込んでおく額じゃないでしょう」

いきなり非現実的な札束を見せられ、和幸は驚き過ぎてつい間の抜けた常識を口にしてしまった。

「別に珍しいものではありませんから」

六花にしても、金銭になどまるで頓着《とんちゃく》しないというか、その気になれば万馬券など好きな時に当てられるかのようだ。

そこでいつの間にか玄関に来ていた丸美が和幸の後ろから声をかけた。

「あの、桜川さん。せっかくです、よろしければ一緒に飲みませんか？」

いきなり何を提案するのかと、和幸は小声で丸美に質す。

「誘ってどうするんだ？」

「個人的な事情とか訊くいい機会でしょ？　同性の方が話しやすかったりもするし」

確かに六花の事情について知るにはいい機会である。アルコールが入った方が訊くのも話すのもやりやすくなるだろう。

和幸も六花に向き直って丸美に合わせることにした。

「そうですね、皆で飲んだ方が楽しいですし、ビールもこれだけありますし」

六花は少しだけ考える風にしたが、物怖《ものお》じなく応じた。

「ならお邪魔させてもらいますね」

三人でテーブルを囲んで座り、最初は当たり障りのない話題を口にしていた和幸と丸美だったが、それぞれ一本ずつ缶を空にしたあたりで、六花があの部屋についてどう感じているか直接尋ねてみた。あらかじめ三〇五号室で過去何があり、なぜ家賃が安いのか説明をされているはずだが、実際入居し、一週間が過ぎれば心境に変化があるかもしれない。

「三名連続で自殺しているのは聞いていますが、気にしていませんよ」

六花はコップに注いだビールを水のように飲み、青白い肌にもまるで赤みを生じさせず、からりと言ってのけた。

丸美が信じられないとばかりに重ねる。

「でも変な霊や悪い呪《のろ》いが憑《つ》いてるんじゃないかと疑いません？　最初にあの部屋で自殺した男性は、天井に顔が、とか言っていたそうですよ」

確かに天井に人の顔に見える染《し》みがあり、男性の自殺後、和幸も立ち会って天井を張り替えたのだが、それでも自殺は続いたのである。

「それくらいで死ねればかえって愉快ですね」

六花は、聞きようによっては自殺願望でもあるのでは、といった表現で返すが、部屋について恐れていないのは確からしい。

「それにいわゆる事故物件も、大抵は呪いや怪異を持ち出さずとも合理的な説明がつくものです。あの部屋もそうでしょう。ちなみに最初の男性の自殺理由は？」

六花は当人がどこかこの世のものでなさそうな顔色をしているのに、あくまで思考は現実的だ。和幸は最低限の個人情報は守りつつ答えた。

「最初は四十代で独身の人だったんですが、職場でトラブルがあってノイローゼになり、結果的に、というものでした」

「なら部屋と関係なく自殺する理由があったわけですね。そしてその自殺が原因で部屋の家賃を下げる必要があり、わけありの入居者が来やすくなった。そうなると二人目も自殺するだけの理由を持っていたのではありませんか？」

その通りではある。初めの自殺はよくある不幸な自殺の話であり、それが原因で次の入居者が最初から問題を抱えていることにはなっている。

「ええ、まあ。二人目は二十代後半の女性で、同棲《どうせい》して結婚の約束もしていた男性からひどい捨てられ方をしたとかで、それをきっかけに仕事や住む場所に困ってここに来たそうです。それでも何とか再出発されたんですが、三ヵ月後くらいに自殺されました。遺書もなく、まるで前の自殺者の念に引かれたみたいでしたよ」

六花はその解釈を意に介さなかった。

「本来なら捨てられた直後に自殺していてもおかしくなかった人なのでしょう。それでも持ちこたえ、三ヵ月を暮らしたけれど、結局失恋の痛手から回復できず、ある日耐え切れず自殺してしまった、というのはごく平凡な出来事ですね。別に怪異や超常的な力を必要ともしません」

それでもそんな部屋を借りるのはいい気持ちのするものではないだろう。和幸はあくまで六花の身を案じて続けた。

「でも三人目はそうもいかないんです。三十前のサラリーマンの男性だったんですが、この人も入居から三ヵ月で自殺されました。この男性は仕事も順調で、恋人もいて、自殺する理由は一見ありませんでした。遺書もありません。入居の時もわけありの様子はありませんでした。ただ自殺後、不審死として警察で調べられたんですが、そこでその男性が、あの部屋で二番目に自殺した女性の前の彼氏だったとわかりまして」

「その女性をひどく捨てたという？」

六花が興味深そうに応じたが、これでも恐れた気配はない。

「ええ、変でしょう？　捨てた彼女が自殺した部屋に偶然入居するなんて確率的になさそうですし、かといって意図的に入居する理由もあるとは思われません。自分が原因で亡くなったかもしれないんですから、罪悪感が少しでもあれば逆に避けるでしょう。だから当初は何か裏があるのでは、と調べられたんですが、結局他殺の疑いはなく、発作的な自殺と結論づけられました」

丸美がそこで口を挟む。

「二人連続で亡くなった段階であの部屋は何か悪いものが憑いてるんじゃって噂は広まってたけど、三人目で決定的になったんですよ」

「彼女を捨てはしたけど結局は悔《く》やんで後追い自殺した、でいいのではないですか？」

六花はあくまで平凡な見解で一蹴するが、和幸にはあまりに楽天的に感じられた。

「後追いするにもわざわざその部屋に三ヵ月も住んでからですか？　新しい恋人もいてまがりなりにも順調に暮らしていたのに？」

二人目までは偶然で済ませられなくもないが、三人目はあまりに不可解な点が多く、三〇五号室の怪は強力なものとなってしまったのだ。

ただ現在その部屋に住んでいる相手をあまり脅しても仕方がない。

「別に桜川さんが気にされないならいいんですが、少しでも変な感じがあれば、遠慮せず言ってください。すぐ部屋を出られても構いませんから」

ただでさえこの六花という女性には陰《かげ》があるのだ。今にも自殺しそうとまでは言わないが、彼女そのものが霊とか不吉な念を呼び込みそうではある。

「お気遣い感謝します」

六花は穏やかに礼を述べるが、そんな事態は起こらないと確信しているようだ。

丸美がそこで、和幸も一番聞きたいことを自然な調子で尋ねた。

「あの、それで桜川さんはどうしてあの部屋に？　引っ越しの準備もろくにされていなかったみたいですし、かといってお金に困っておられるようでもないんですけど」

テーブルには分厚く膨《ふく》らんだ封筒がぽんと置かれている。ジーンズの後ろのポケットに突っ込んでおくものではないが、こうして放り出しておくのもどうか、というところだ。

答えてもらえないかと和幸は思ったが、六花はビールを飲み、つまみに手を伸ばしながらぼんやりと返す。

「三つ下の従弟が、たちの悪い娘に捕まってしまってね」

「はあ」

またつかみ所のない、つながりのよくわからない切り出し方をされ、和幸はそんな相槌しか打てない。六花は遠くを見る目で続ける。

「放っておいてもそんな娘とはじき縁が切れるだろうと楽観していたのだけれど、むしろ仲が深まっていくみたいで。これはいけないと本腰を入れて別れさせようとしたんですが、本当にたちの悪い娘で、まるで離れようとせず」

六花はよほどその娘に困っているのか、深々とため息をついた。

「私と従弟がまともな人間になれば完全に縁を切れるはずなので、あれこれ手を尽くしたのだけれど、そのたちの悪い娘に妨害されて、結局今、私の方が雲隠れしないといけなくなったんです」

「まともな人間？」

その部分に特別実感がこもっている響きがあり、和幸はつい質してしまったが、六花はそんな和幸をからかうように言う。

「深い意味はありません。その娘がまともではないもので。その娘も今年で二十歳になるのだったかしら。こちらとしては落ち着いて今後の対策を考えるのにここがちょうど良かったので、一時避難的に借りただけです。その娘に見つかると面倒なので、長くはいられないでしょうが」

説明されても皆目事情がわからない。ただ六花はそのたちの悪い娘のせいで現在逃げ回っているらしい。場合によっては犯罪に関わっているのでは、といった予感もしたが、六花がそれを踏まえてか、手を振って笑う。

「法に触れることはしていませんので、そこでご迷惑はおかけしませんよ」

どこまで信用していいかは和幸に測りかねたが、犯罪に関わるならもう少し隠し立てをするだろうし、優雅に映る動作で警戒感もなく他人の部屋でビールを飲んでいないだろう。

そして六花はふっと憂いにうなだれる仕草《しぐさ》でもらした。

「ただこのままいけば、従弟はそれこそあの娘にひどい捨てられ方をして不幸になるだけなんですが、理解できていないのでしょうね。鈍《にぶ》い所があるから」

それから考え込むように顔をしかめる。

「何かあの娘の危険性を明瞭《めいりょう》にする出来事が起こるよう状況が整えられる機会でも巡って来ればいいんですが。早くどうにかしないと、本当に大変で」

自分の現状より、従弟の方がよほど懸念されるらしい。近寄りがたい雰囲気もある女性であったが、そうして他者を思う様子は、親しみを抱かせるものだった。

丸美が意外の感に打たれたらしく、いたわる調子で六花に言った。

「その従弟さんを大事にされてるんですね」

六花はビールを一口飲み、つまらなそうに呟いた。

「私のもののはずだったんですよ」

つまり彼女は、そのたちの悪い娘に従弟を奪われたのが気に入らないのだろうか。

和幸も丸美も、それ以上は尋ねられなかった。

一時間ほどして六花が部屋から去った後、和幸と丸美はどちらからともなく言い合った。

「あの人をして『たちが悪い』と言わせるってどんな娘なんだろう?」

「いろんな意味で、あの人より迫力あるきつい娘なんじゃない?」

和幸は何となく、押しが強くてスタイルのいい、六花より背も高くて若さを鼻にかけた一片の好感も持てない傲慢《ごうまん》そうな娘を想像した。

その後、和幸の心配をよそに、六花はアパートで自殺の様子もなく気ままに暮らしているようだった。

職に就かず、時折出かけては競馬でまとまった金額を稼いでいるのが公序良俗に反するかもしれないが、彼女は賭《か》け事《ごと》で負けたことがないらしく、それを端緒に身を持ち崩す風でもなかった。ある時和幸が、

「まるで未来でも見えてるみたいに当てますね」

と尋ねると、

「見えているのではなく、決めているんですよ。かといって、可能性の高い結果しか決定できないので、そうそう大きな当たりは出せませんが」

とこれまた意味の捉《とら》えにくい返事をされた。

また六花は大金を得ても派手に使うわけでもなく、着ているものも変わらず、家財道具も揃えようとはせず、食事もスーパーの弁当や総菜で済ませて質素に過ごしている。テレビや冷蔵庫、電子レンジもなく、賭け事で荒稼ぎをしていても清貧といった暮らしをされていては生活態度について口出しもしにくかった。

「そんなにお金を稼いでどうするんですか？」

化粧気のない横顔にそう訊いてみても、

「あのたちの悪い娘に対抗するには、活動資金は多い方がいいですから」

と返され、これもそれ以上は踏み込めない。

丸美も和幸の部屋を訪れると、六花についてよく尋ねて来た。

「桜川さん、他の住民からどう思われてる?」

「評判は悪くない。あの人、ちょっと気味悪さはあるけど、弱々しくもあるから、手助けしないとまずいみたいな気にさせられるし」

「美人でもあるからね」

学生も含め、入居者の半分以上を独身男性が占めているアパートでは、女性は容姿が優れているだけで暮らしやすくなる場合もあるだろう。

「あとこの前、車に轢《ひ》かれそうになった小学生を助けてね。それもあって近所でも評判が悪くないんだ」

「へえ」

道路上で轢かれそうになった低学年の女子小学生を六花が身を躍らせて突き飛ばし、車の進路の外側にやったのである。

「代わりに桜川さんが轢かれて十メートルくらい吹っ飛ばされたんだけど」

「それ桜川さん死んでるでしょ!」

丸美が言うのはもっともで、現場にいた和幸もこれは駄目だと直感したほどだ。

「ところが本人はアスファルトに叩きつけられて何メートルも転がったのに痛がる素振りもなく起き上がって、その後病院に行ってもかすり傷ひとつ見当たらなくて」

「なんでそうなる」

助けられた小学生の保護者や車の運転手としてもこれ以上の幸いはなかったが、無傷なのを喜ぶより狐《きつね》につままれたようだったのを和幸も憶えている。無傷なわけがない轢かれ方と落下の仕方だったのだから、化かされている気持ちにもなるだろう。

「本人に訊いたら、『時代劇とかでたまにある、斬《き》られても何ともない、そう、峰打《みねう》ちというものだったのでしょう』と言われたよ」

事故など最初からなかったごとくけろりと返されたものだ。

「車の峰ってどこ。あと峰打ちでも死ぬ時は死ぬからね。日本刀って刃がなくても立派な鈍器だから、頭蓋骨《ずがいこつ》くらい割れるよ」

丸美の指摘は正しい。刃で斬られた方が負傷の度合としては軽いという話まである。ただ六花が無傷だったのは事実で、よほど車との当たり所が良くて、地面に落ちる時も受け身か何かで衝撃を分散できたと考えるしかない。

「あの人、よほど幸運に恵まれてるのかもしれないな」

和幸の意見に対し、丸美は顔をしかめる。

「でも従弟さんをたちの悪い娘に取られた上に逃げ回ってるんでしょう？　だいたい桜川さん、幸の薄い星の下にあるみたいにしか見えないんだけど」

「だよなあ」

幸運に恵まれているならそもそも車に轢き飛ばされないだろう。

六花が無事あの自殺者が連続している部屋で今後も過ごせるのか、和幸の心配は増すばかりだった。


七月最後の金曜の夜、午後八時過ぎ。ひとりで仕事をしていた和幸の部屋のインターフォンが鳴らされた。こんな時間に、とドアを開けると鞄をひとつ提げた六花だった。

「夜中にすみません。どうやら従弟とあの娘に私の所在地が知られたようで」

「えっ」

和幸は驚いたが、六花に焦りはなく、予定通りに余裕を持って行動しているといったたおやかさで語る。

「突然ですが、姿を消させていただきます。家財道具はほとんどありませんが、部屋に残ったものは全《すべ》て処分してくださってかまいません。わずかですが迷惑料にこれを。私が突然消えたせいであの部屋にまた悪い噂が立つかもしれませんし、部屋で死ななくともどこかで自殺したのを隠しているといった話に発展するかもしれませんから」

わずかと表現しつつ、また札束が厚く詰まった封筒を差し出され、迷惑料にしても多過ぎるだろうと受け取ったものか躊躇《ちゅうちょ》していると、六花はそっとそれを下駄箱《げたばこ》の上に置き、良い考えが浮かんだという風に重ねる。

「でも従弟とあの娘は近くここを訪ねて来ますか。ならあの部屋で自殺者が連続した理由、あの娘がちょうどいい合理的なものを教えてくれるでしょう。今後安心して部屋を貸せるようになりますよ」

六花は相変わらず意図も意味もつかみづらいことを勝手に述べ、部屋の鍵を封筒の上に置くと和幸に頭を下げる。

「ではお世話になりました。お元気で」

止める間もあらばこそ、六花は入居して来た時と同じ身軽さで鞄を手に歩み去ろうとする。和幸は慌てて玄関から外に出て彼女の細い背に声をかけた。

「あのっ、従弟の人とうまくいくといいですね」

六花は立ち止まって振り返り、かすかに笑むと足音も静かに遠ざかっていった。

和幸はもっと気の利いたことを言えなかったのか、と悔いるばかりだった。


二日後の日曜、午前十時過ぎ、六花の予言通りか、和幸のアパートに二人の来訪者があった。和幸は昨晩から部屋に泊まっていた丸美とともにアパートの前でその二人に対応することになったのだが、迎えた当初は二人を前にしばしぽかんとしてしまった。隣にいる丸美も同様だった。

二人のうち一方がアパートを見上げて口惜しそうに言う。

「勘がいいのか、そういう未来をうまく決定したのか。ひと足早く逃げられましたか」

そしてその人物は和幸と丸美に向くとかぶっていたベレー帽を脱ぎ、右手に持つステッキをちょいと振りながら一礼する。

「休日の朝からお手数をおかけします。岩永琴子と申します。こちらが桜川六花さんの従弟に当たる桜川九郎さん。私の恋人でもあります」

九郎と紹介された、岩永の横につく背は高いがどこか地味で影の薄い青年も頭を下げる。

「六花さんがお世話になりました」

「ああ、いえ。大したことは」

和幸はつい腰が低くなって手を前で振ってしまった。

この娘と青年が、六花の話していた従弟とたちの悪い娘で間違いないらしい。六花に情が移っている分、会う前はこの二人に反感がなくもなかったのだが、従弟の方はまだ想定の範囲内の容姿でも、娘の方はまったく想像と異なっており、いささか混乱して反感がどうといった気持ちはどこかに飛んでしまっていた。

岩永と名乗ったその娘は小さく、可憐で、ふわりとした髪といい、白い肌といい、大きな瞳といい、生きて動いているのが不思議なくらい整っていた。六花が繰り返した『たちい十代前半にしか見えない。第一今年で二十歳と聞いていたのに、この娘はせいぜい十代前半にしか見えない。

和幸はそんな岩永をつい凝視してしまっていたが、娘は対してにこりと笑う。

「私がどうかしましたか？」

「いや、その、年齢とか桜川さんから聞いていた印象と違ったもので。従弟さんの恋人がこんな人形みたいなお嬢さんだとは」

「人形だなんて、ちゃんと血が通っていますよ」

岩永は謙遜《けんそん》するごとく笑い、そばに控《ひか》える九郎がこう付け足した。

「それに岩永はこれで毛深いですから、人形とはほど遠いですよ」

恋人が可憐な人形と違うと強調するにもそこを言うのはどうだろう。仮に事実としてもだ。やはり岩永が九郎に猛然と反論する。

「誰が毛深いですか！　全然そんなことないでしょう！　九郎先輩も以前、『お前ではわかめ酒ができないのかっ』って痛嘆してたじゃあないですか！」

「痛嘆した憶えはないし、そもそもその酒がどういうものか知らないぞ。たぶん僕の品性を貶《おとし》めるものだろうが」

ひどい遣り取りである。これを聞きながら和幸は思った。表情を見る限り、丸美も同じ感想を抱いたようだ。

確かにこの娘はたちが悪い、と。

岩永が咳払《せきばら》いをし、毒気を抜かれた心境の和幸に話を戻す。

「失礼しました。私達は昨年から六花さんを捜しているんですが、ここでの暮らしなど、可能な範囲でいいので教えていただけませんか？」

和幸は丸美と顔を見合わせ、結局二人を部屋に上げることにした。


訪れた二人に和幸は丸美とともに、他の住民にも聞けばわかるくらいのことをひと通り語った。事故物件に住んでいたこと、近隣で評判が悪くなかったこと、金曜の夜に突然消えたことなどだ。

話を聞いた岩永は肩を落とす。

「事故物件に入居していたとは、盲点だったかもしれません。しかし六花さん、あんな妖怪濡《ぬ》れ女《おんな》みたいなくせにどうしてこう周囲から悪く思われていないのか」

「お前が六花さんを悪く思い過ぎなんだろう」

「だからなぜ恋人より従姉の肩を持つ。まあ、私の発言は濡れ女に失礼でしたが」

九郎の指摘に岩永はそう嚙みついている。和幸は『濡れ女』というのがどういう妖怪かぴんとは来ないが、好意的な評価ではなさそうだ。そういった様子からすると、六花がこの二人についてどう話していたかは伏せた方がいいと和幸は判断し、そこは黙っていた。特に岩永には聞かせせない方がいいだろう。

丸美が納得いかなげに二人へ切り込んだ。

「いったいどうしてあの人を捜してるんです？　悪い人には見えませんでしたし、それこそ雲隠れしないといけない状況にお二人がしているのではないですか？」

和幸も気になる点だ。岩永は難しい顔で言葉を濁す。

「私達も六花さんを取って食おうとしているわけではありません。あの人を自由にしておくと社会的に厄介なことが起きると言いますか、正しくないと言いますか」

六花がしていたのと同様のよくわからない説明だ。九郎も苦笑して合わせる。

「どちらかと言えば、僕らの方が六花さんに追い込まれているかもしれません」

さっぱり事情が見えない。それでも二人が六花に困らせられている実感だけは伝わって来る。またこの二人にしても悪い人間と見受けられないだけに、重ねては訊きづらかった。

そして九郎が真剣な表情になって和幸に尋ねて来る。

「六花さんは今後の行動について、漠然としたものでも言っていませんでしたか？」

和幸は迷いつつ岩永を横目にし、誤魔化し気味に嘘でない程度に答えた。

「ここで今後の対策を落ち着いて考えるとかは言ってましたが、詳しくはどうも」

それ以上を話すのは躊躇されたため、和幸は丸美にも目配せする。この従弟の青年と岩永という娘の縁を切りたがっていたとは言うべきではないと示す意味で。六花に肩入れするでもないが、軽々しく伝えていいものではないと思えるのだ。

九郎はまだ問いたそうにしながら、無理強《むりじ》いは逆効果と判断したのか開きかけた口を閉じる。

岩永も和幸達を追及する気はないのか、ただ愚痴《ぐち》っぽく唇《くちびる》を尖《とが》らせた。

「一ヵ所に長く留まっていたおかげで今回は見つけられましたが、同じ下手は打たないでしょうね。どうにも面倒です」

それからあらたまって背筋を伸ばし、和幸に名刺大の紙片を差し出す。

「今日はありがとうございました。六花さんについて思い出したことがあればこちらにご連絡ください。他にも何かお困り事があればいつでもご相談ください」

紙片は電話番号とメールアドレスだけが書かれた白く愛想のないもので、きわめて事務的だ。和幸は受け取るが、相談と言えば六花の入っていた三〇五号室の件がある。

岩永は察したのか天井の方に目を遣《や》り、アパートの上階を示すようにしながら屈託なく続けた。

「差し当たり困られているのは、六花さんが暮らしていたという事故物件ですか。ご安心ください、その部屋、別に霊とか呪いとか変なものはもとから憑いていません。自殺する気の人を入居させなければ、もう同じことは続きませんよ」

眼前の可憐な娘があまりに簡単に部屋には『何もない』と断定したので、和幸は丸美とともにまばたきを繰り返した。

岩永はそんな二人に構わず説明する。

「最初の自殺者は明らかにそうする理由を持っている人でしたし、二人目は精神的に弱っており、これもそうしておかしくない人です。自殺が続いたのは家賃の安さなども関係した、少々不運な偶然に過ぎなかったんです」

それは六花もしていた解釈だったが、その先が問題なのだ。和幸は岩永の断言に圧力を感じながらも言い返した。

「しかし三人目はそれで済まないでしょう。二人目に自殺した女性の前の恋人がなぜわざわざあの部屋を借りて、三ヵ月後に自殺したんですか」

この謎が合理的に解けなければ、やはり三〇五号室は自殺の部屋と考えるしかないのだ。

すると岩永は軽やかに言ってのける。

「その男性は気が小さく、確認しないではいられなかったからですよ」

つながりの見えない解を投げられ、反応できない和幸と丸美に、岩永は流暢《りゅうちょう》に語り出す。

「手ひどく捨てた前の恋人が三ヵ月ほど後に自殺したとなれば、その男性は法律上の罪に問われずとも、周囲から責められたでしょうし、白い目で見られたでしょう。前の恋人の親族から恨み言を浴びせられたりもしていそうです」

その推測は妥当であり、和幸はともかく耳を傾けた。

「男女間のことです、正当な理由のある別れであっても、女性側が過度な思い込みからひどく捨てられたと感じたかもしれません。しかし状況から、彼女の死の原因の大部分は男性にあると見えるのも事実です。この事実は通常の精神の人物には応《こた》えるでしょうね。男性からすれば、周りが何も言わず、責める気持ちがなくとも、責められている気分になりそうです。表面的には何でもないふりをし、普通に過ごせたとしても」

「まあ、そうですね、よほどの無神経でなければ、どうしたって罪悪感から心の負担となるでしょう」

和幸は岩永に同意を示したが、丸美はだからこそ首肯しかねるとばかりに言い返した。

「ならなおさら、その彼女が自殺した部屋に入居するってないでしょう？　罪悪感がいっそう増幅されそうじゃない？」

すると岩永はどこかその男性を憐《あわ》れむ風に微笑んだ。

「だからその男性は確認しないではいられなかったんですよ。彼女の死は自分ではなく、彼女が住んでいた部屋に原因があるのだと。罪悪感ゆえに、男性は責任転嫁できるものを見つけようとしたんです」

責任転嫁。その言葉に和幸と丸美は、あ、と同時に口を開けた。

「その女性が亡くなった時、自殺が連続したことから部屋に何か憑いているのでは、といった噂が広まったのでしょう？　部屋には超常的な力が働いていて、入居者を自殺に導くといった方向の。そういう噂は尾ひれがつきやすく、誇張《こちょう》もされます。あの部屋では昔から自殺者が連続している、壁や天井に死者の髪の毛が埋め込まれてるなどなど」

「うん、それに近い話は私も聞いた」

丸美が唖然《あぜん》としながら何度も肯く。岩永は目で礼をし、推論を綴《つづ》っていく。

「それを耳にした男性は、前の恋人の自殺は部屋のせいだ、なら自分はその責任から逃れられるかもしれないと、本当にその部屋に霊的なものが出るか確認するため、敢えて入居したわけです」

そんな心境になった男性を、和幸も憐れむ気持ちになった。

「霊的なものが現実にいたとしても、男性の周囲の人が信じるかはわかりません。けれど男性当人は実体験さえすれば、『彼女の自殺は自分のせいではない、それのせいだ』と確信できます。気持ち的にはずいぶんと楽になるでしょう。そして何か憑いているのが確認できればすぐ部屋を出るつもりだった」

岩永の仮説に丸美があきれた調子で疑問を挟む。

「確認って、そんなものが実際にいるとわかった方が怖くてたまらなくない？」

「部屋に憑いている霊的なものは、そこから離れれば何もできないと思えます。けれど心の中の罪悪感は常に共にあって、逃れることはできません。その上周りからも責めを感じます。怖いものは人によって様々です。少なくともその時、男性にとっては怪異よりも罪悪感の方が怖かったのでしょう」

いささか倒錯してはいるが、わからないではない理屈だった。

だがそうするとまた引っかかる点が出て来る。

「だったらどうしてその男性は自殺を？　何か憑いていればすぐ部屋から逃げるつもりだったなら死に追い込まれる理由は」

和幸は言いかけたが、すぐ岩永に遮《さえぎ》られる。

「逆です。部屋に何も憑いておらず、三ヵ月経《た》っても怪奇現象のひとつも起こらなかったから死に追い込まれたんです。何もないゆえに、前の恋人の自殺は部屋のせいではなく、男性のせいであるとより強固に決まってしまいました。そのため罪悪感はいっそう大きくなり、とうとう男性は心の逃げ場を失いました」

和幸と丸美はこれも同時に、ああ、と腑《ふ》に落ちた声を出してしまっていた。

岩永はどこか滑稽《こっけい》がる調子で続ける。

「責任転嫁するものを探して息せき切って入居したのに、そこには何もないという現実を突きつけられた。つまり必死で遠くに押しやり、目を逸《そ》らそうとしていた罪悪感が勢いを増して一気に戻って来たんです。死を選びたくもなるでしょう」

和幸は力が抜ける思いでつい声を高めてしまった。

「部屋に異常があったから自殺したのではなく、異常がなかったから自殺したのか！」

「はい。男性の遺書がなかったのは、書く余裕がないほど精神的に参っていたのか、あるいは遺書を残さず死ぬことによって、周囲の人に自分も部屋の霊的な力で自殺に追い込まれたと見せようとしたのかもしれません。この部屋はそういう力があって前の彼女の死もそれが原因、自分は関係ない、と思わせようとしたわけです。せめて自分の死後くらいは、そこを責められないようにしようという最後の抵抗ですね」

その説明に丸美が顔をしかめる。

「往生際が悪いな。自分がわざと不可解に死んで、ないものをあるように見せて少しでも責任から逃げようなんて」

和幸も同じ感想を抱いたが、岩永は男性を擁護《ようご》するでもなく、別の視点を提示する。

「かもしれませんが、男性の親族の肩身の狭い思いはそれで多少なりと軽減されるかもしれません。女性を死にいたらしめた末に自殺した、としか思えない状況はやはり残された方はつらいばかりでしょう。そこに逃げ道を用意するのは、最後の気遣いとも取れますよ。当人が逃げ道を失って死ぬしかなかっただけに」

岩永は優しいのか公平なのか、謎解きをそうまとめた。そしてころころと笑いながらこう付け足す。

「まあ、霊とか妖怪とか信じるとろくなことにならないという見本ですね」

身も蓋《ふた》もない結論であったが、戒《いまし》めとしてはもっともではある。ただなぜか、九郎が岩永のそばでため息をついていたが。


アパートの前の道で和幸と丸美は、岩永と九郎が歩み去って行くのを見送った。二人は三〇五号室の怪を解き明かすと丁寧に礼を言って部屋を出たのだ。

二人の姿が見えなくなった頃、道に並んで立ちながら和幸は自信は持てないが、丸美の意見を聞くべく口に出してみた。

「あの二人、仲が良さそうだったよな？」

丸美も自信はないが、という表情だが同意はする。

「うん、特に従弟さん、あの岩永さんを大事にしてるように感じた」

「座る時とか立ち上がる時もさりげなく気にかけてたし、距離の取り方なんか特に」

「でも岩永さんはたちが悪いね」

「たちが悪いな」

そこだけは迷わず言い切れた。六花の話から受けたたちの悪さとは違う種類であったが、絶対にあの娘はたちが悪い。

丸美がいっそう自信のない顔になる。

「桜川さんは従弟さんをあの娘に取られて嫉妬《しっと》してるだけなのかな？　従弟さんは岩永さんと一緒でも不幸になりそうには見えなかったけど」

「どうかな。今は良く見えても、先に何があるかわからないから」

和幸としても明瞭には答えられない。

「俺らが下手に立ち入るべきじゃないんだろうな」

岩永は九郎とともにアパートから最寄り駅へと向かっていた。徒歩七分らしいが、自分の足だとどうだろう。左足が義足だと何分とは物件には普通書かれない。

「あの事故物件についての説明、本当なのか？」

岩永がそんな不動産表記について考えていると、後方の人影が消えた頃に九郎がそう尋ねて来た。長い付き合いなので声から心証は察せられ、岩永はその通りの回答をする。

「限られた情報から準備もなく真実は当てられませんよ。三番目に自殺した男性はとんだ無神経で、前の彼女が死んでいてもまったく気にせず家賃が安いのを喜んで入居しただけかもしれませんし、誰かに騙されて自殺を選ばざるをえなくなり、関係者はそれが恥なので敢えて黙っているだけかもしれません」

その気になれば辻褄の合った仮説の三つや四つは並べられる。

「私が提示したのは事実と矛盾せず、一番受け入れやすくて後味が悪くないというだけのものです。あそこで必要だったのは、アパートを管理されている方の不安を取り除く説明だったんですから」

「だろうとは思ったが」

短時間で過不足ない対応をしたのだから絶賛されていいものを、九郎はどこか詐欺《さぎ》的ではないか、といった感覚があるらしい。

岩永はそんな恋人の見識こそ正してやる。

「それに無責任じゃあないですよ。あの部屋に何も憑いていないのは事実ですから。今後怪事が起こる可能性はありません」

だから岩永は最善の対応をしたのだ。それは九郎もあらかじめわかっていてしかるべきである。

「だいたい六花さんが暮らす部屋に、霊や化け物や呪いが憑いてるわけないでしょう。たとえ憑いていても逆にそれらが六花さんに怯《おび》えて逃げ出しますし、そうなれば私の所にもっと早く、あの人がそこにいると報告が来ていますよ」

九郎と同じく、六花もまた人魚と件を食べた影響から、怪異からも恐怖される存在になっている。もとからそこにどれほど凶悪な怪異が居座っていても、そのものの方が半日と耐えられないだろう。第一、事故物件にそういったものが実際憑いているケースは見られるが、大半は気のせいやこじつけなのだ。

「亘く六花さんを止めないとな」

九郎がぽつりと呟き、そこは岩永も同意見であったが、気掛かりは他にもあった。

「しかし六花さん、私のことをあそこで何と表現してたんでしょう？　絶対たちの悪い女に仕立ててますよ」

アパートの二人の岩永への眼差《まなざ》しからして、間違いなく悪い印象を吹き込んでいたろう。

しかし九郎はここでも岩永の肩を持ってくれない。

「怖いもの知らずのお前はかなりたちが悪いと思うぞ」

「怖いものくらい私にもありますよ」

「例えば？」

「例えば、半鐘がいけませんね、おじゃんになりますから」

九郎は回答を聞いてしばらく眉《まゆ》を寄せて考えていたが、やがて口を開いた。

「それは、『火焔太鼓《かえんだいこ》』か？」

その通り。これも有名な古典落語のサゲからの引用だ。

「さすが九郎先輩、六花さんとは違います」

やはり九郎は教養がある。しかし岩永の回答に納得はいっていないらしい。

「だから落語のサゲで煙《けむ》に巻《ま》くのはよせ。その話術は高度でも何でもないからな?」

「男女間は、秘密のひとつもあった方がうまくいくものですよ?」

岩永はいかにも女子らしくそう繕《つくろ》っておくのだった。

第三章　明日のために

　八月も終わり頃、大学生の天知学は困惑を隠しつつ、ホテルの最上階にある中華レストランの個室のテーブルについていた。数日前、懇意でもない伯父から突然連絡を受け、会えないか昼食ついでにどうだ用件は電話で話しにくくて、と半《なか》ば強引に誘われてやって来たのだが、ここにいたってもそうされる心当たりが浮かばなかった。

「悪かったな、いきなり呼びつける形になって」

　正面に座るその伯父の藤沼耕也《ふじぬまこうや》はぶしつけで意図不明な呼び出しをしたと自覚があるのか、苦笑でそう言った。

「伯父さんこそ時間を空けるのが大変でしょう。会うのは二年ぶりくらいですか？　前は俺がまだ大学一年の頃だったと思いますが」

　耕也の年齢はもう六十歳近かったか。外見からだともっと若く、四十代でも通じそうだが、母の兄なのだからその年齢より下のはずはない。体格に恵まれた学よりも若干大きく、顔立ちも精悍《せいかん》で、若い時はもちろん、今でも女性の目を引く容姿をしていると言っていいだろう。

全国規模の中古車販売会社を経営し、忙しくしていると聞いた。親類の集まりで顔を合わせれば挨拶し、世間話に付き合う程度の関係で、それゆえにお互い私的な用件が生じるほどの情報は持っていないはずだ。

耕也がため息をつく。

「二年とは、そんなになるか。母方の伯父ならそんなものか」

オーダーを取りに来た店員が去った後、学は居心地の悪い状態が続くのは避けたかったので、本題を切り出した。

「その母方の伯父があらたまって俺に何の用でしょう?」

耕也も引き延ばしていても仕方ないと、すぐに真面目な声で応じる。

「お前、私立瑛々高校出身だったろう。岩永琴子について何か知らないか?」

あまりに突拍子もなく、学としてはできれば記憶から消したい名前を出され、つい間の抜けた声でその名を繰り返してしまった。

「岩永琴子?」

耕也はその名を扱いづらそうにしながら補足する。

「聞いたことくらいあるだろう、あの岩永家の御令嬢だ。小さい頃何者かにさらわれ、片目と片足を失ったっていう」

学は聞いたことがあるどころか、その名前だけで岩永の、小さくも冷たい西洋人形のような姿が鮮明に頭に浮かんで来る。うんざりするほどの鮮やかさだ。

耕也にはそんな学の反応が鈍く映ったのか、力を入れて重ねた。

「年齢はお前のひとつ下で、同じ瑛々高校に通っていた。何かと有名な娘だ、在学当時どんな噂でもいい、耳にしなかったか？　彼女について情報を集めてる。それこそ好きな食べ物や好みの男、同じクラスの人間でもわかればいいんだが」

学は伯父の真剣さについ、あの岩永琴子はまた何をやらかしたのか、と心配になった。ただ岩永ではなく、伯父の身の上の心配だったが。

飲み物として注文した烏龍茶《ウーロンちゃ》と前菜の海鮮サラダが運ばれ、店員が去った後に学はどうして高校を卒業して大学生活も順調に続けているのにまたあの岩永琴子に関わるのか、と気を重くしながら耕也に尋ねる。

「彼女について情報がいるなら、不確かな噂話を集めるより調査会社に頼めばいいでしょう。伯父さんなら信用できる社に心当たりもあるでしょうし」

すると耕也はわずかに声を潜めた。

「知らんのか？　彼女についてはいくつも奇異な噂がある。岩永の家が関わる事業や経営に下手に触れれば痛い目に遭う、逆に岩永の家に助言を求めればうまくいく。特に理由の不明な、それこそ超常現象的で不吉なトラブルに関しては、恐ろしくきれいに解決する。そしてその陰に必ず岩永の御令嬢が暗躍している、といった」

「はあ」

それらは学も何度か耳にしている。しかし名の通った会社の経営者から神妙に言われると、今さらながらあの娘は本当に関わらない方がいい部類のものだと実感される。高校二年生の頃の自分はなんと愚かだったのか。

耕也はそんな学の心境に構わず続けていた。

「それで御令嬢については以前から何度も身辺調査が試みられているが、ことごとくばれるそうだ。尾行はおろか、立ち回り先の聞き込みまで、翌日にはどの社がどこの依頼で調べていたかまで明らかにされるとな」

幾分尾ひれがついてはいるだろうが、近いことはあったのだろう。岩永家は古いが、関わる事業や経営規模は大したものではない。堅実で地道で強いて手を広げようとしない。だから変に敵は作らないものの、自身の領分を侵されるのは潔しとしない、といった話を聞いたことがある。

耕也が首を横に振った。

「おかげでまともな調査会社は依頼を受けない。少なくとも現在の彼女の身の周りを調べようとすれば必ずばれるらしい。こちらも事の前に彼女に悪い印象を持たれるのは避けたい。だが情報は欲しい。だからこうやって身近な伝手《つて》をたどって噂話でも集めるくらいしか手がないんだ」

事の前、という表現に学は引っかかったが、あまり立ち入らない方が賢明そうだった。伯父は冗談や弾みで岩永琴子について調べているのではないらしい。

それならばと学は持っている情報の中で、最も有益なものを明かすことにする。

「岩永さんについてはいくらか知っていますよ。彼女は俺が部長を務めていたミステリ研究部の部員でしたから」

「何っ、本当か！」

思った以上の情報を得られそうと踏んでか、耕也は喜色を露《あら》わにしたが、学は何も伯父を喜ばせるために明かしたのではない。

「だから言いますが、彼女には関わらないのをお勧めします。ましてや騙したり利用したりしようとすれば、ろくなことになりませんよ。俺もそれで痛い目を見ました」

学としてはそれほど実害があったわけではないし、彼女のおかげで助かった例の方が多い気もするのだが、印象としてはそうなってしまう。

「当時ミステリ研は廃部の危機で、それを岩永さんを入部させることでうまく乗り切ってやろうとしたんですが」

学は自身の過去の失敗を耕也に語る。高校二年の六月にあったことだ。

それらをひと通り話し終え、学は苦笑でまとめた。

「というわけで彼女にこちらの企みをすぐに見抜かれ、返り討ちにされたんです」

耕也は興味深げに聞きはしたものの、最終的に首をかしげた。

「だが結局、彼女はお前の部に入ったんだろう？　ならお前の勝ちじゃないか？」

「ええ、彼女のおかげで一年生の部員がさらに二人入り、廃部の危機も脱しました。付き合っていた恋人との仲も公然にでき、結果は全て狙い通りです。でも彼女が入部する必然性はなかった。なのに彼女が敢えてそうした意図がつかめず、しばらく警戒せざるをえませんでしたよ」

部としてはうまくいっていただけにいっそうだった。

「彼女は週に三日は部室にやって来ていましたし、雨の日なんか窓の近くでよく眠っていました。部活の邪魔もせず、もともとミステリについて詳しかったようですから、部員としては申し分なかったんですが」

学はそうして、岩永がミステリ研に入部し、夏休みが明けてからの出来事を話すことにする。

新入部員の二人は七月の初めに入部していた。大して期待はしていなかったのだが、二人とも夏休みが明けても部室にやって来てミステリの話をし、本の貸し借りをして積極的に活動していた。そういう生徒がなぜこれまで入部してくれなかったかと思えば、二人ともミステリ好きで海外や古典の作品にも興味があったのだが、そもそもミステリ研究部の存在を知らなかったという。

それが岩永琴子の入部で存在を知り、秘密めいた彼女が入部するミステリ研なら何かありそうだ覗いてみるくらいはしようか、と部室を訪れたらしい。つまり岩永琴子のおかげである。

さらに二人が部室を訪れた際、そこに岩永もいて静かに読書をしていたのだが、その時に二人を好意的に入部へと誘った。それで二人は岩永とも話ができるという安心感も持ったのか、入部を決めたようだ。

新入部員の二人は秋場蓮《あきばれん》という男子と風間怜奈《かざまれな》という女子。部の男女比としては女性の方が多くなるが、岩永をどこまで正規の部員として扱えばいいか、この時点で学は判断がついていなかった。もうひとりの女子は小林小鳥といい、学の恋人でもある。

蓮も怜奈もいかにも読書家という容姿をしており、蓮の方がやや気弱そうで、怜奈の方が気が強そうというのは部員としてバランスが取れているかもしれない。学が強面《こわもて》で小鳥が可愛らしい感じなので、部のイメージが変に偏らなくていいだろう。

だとするとやはり人形めいた岩永の存在は部で浮いてしまう。その岩永がミステリ研の看板になっているのも否定できないのだが。

そして九月の半ば頃だった。岩永はこの日も当たり前のように部室にやって来て、窓辺に椅子を置き、赤色のステッキを傍《かたわ》らに立てかけて本を読んでいた。

部室にはたまたま全ての部員が揃っており、岩永以外の四人で最近出版されたミステリについて話していたのだが、その話題がいったん途切れた頃合いに、怜奈がこんなことを言い出した。

「あの、クラスメイトの女子からミステリ研にと今日、相談を受けたんですが」

「ほう」

学はミステリ研と名指しで相談されたというのに引かれ、岩永以外の部員も怜奈の方に注意を向けた。

怜奈はその注目に少し気後れした様子を見せたものの、話を始める。

「前の土曜日、彼女と部活の友人五人で夜中、外れにある廃病院に忍び込んだそうなんです」

「廃墟《はいきょ》でも不法侵入だぞ。何が楽しいのか」

学はリスクが高いばかりの行為にあきれたが、小鳥が行為に理解を示す声を上げる。

「そこって確か、心霊スポットとか言われてる？」

「そう。別にそんなのを信じてたわけじゃないと言ってるけど、本当にそうだったら面白そうといった軽い気持ちだったみたい」

怜奈は肯くが、やはり愚かな真似をしているという感想らしい。蓮が苦笑する。

「そういう所に行って写真や動画を撮って騒ぐのが流行《はや》ってたりするから。でも本当に変なものが写ってたりすれば相当慌ててるんだろうけど」

「正気を疑いたくなるな」

学はそう言うしかないが、蓮や怜奈、小鳥は自分はやらないまでも感情的にはわからなくもないといった意見のようだ。

怜奈が続ける。

「それで廃病院では何事もなく、普通に帰って来たんだけれど、翌日からそのうちのひとりが寝込んでしまい、三日過ぎた今日もまだ学校を休んでいると。当人も原因不明で苦しんでいるらしくて、体が重くて寒気ばかりするとか」

そこはやや冗談で済まなそうだが、それがどうミステリ研への相談につながるのか。

「なのでその友人は廃病院で何かに憑かれたのかも、何とかならないか、と相談されたんですが」

怜奈は言い終え、最後に申し訳なさそうに学を見る。

学は諦念《ていねん》を覚えながらも返した。

「うちはミステリ研だ。そういう相談はオカルト研とか怪しい部にしてくれ」

「私もそう思ったんですが、ほら」

怜奈が窓辺で我関せずと読書をしている岩永を目で示した。小鳥と蓮が『ああ』と納得の反応をし、学は頭を抱えたくなった。

岩永琴子には怪異にまつわる不思議な力があるという噂がまことしやかに語られているのだ。オカルトを研究する部が瑛々高校にもあるが、恐れ多くて岩永を入部に誘えなかったといった話まである。

学は首を横に振った。

「それの説明に霊も怪異も必要ない。まだ残暑も厳しい夜中、薄着で廃墟を歩き回れば虫にも刺される、汚れた塵《ちり》や埃《ほこり》も吸う、なら悪い菌ももらう。体調を崩す要素には事欠かない。五人にひとりくらい寝込んだっておかしくない。そこに霊に憑かれたと思い込めば精神的にも参ってしばらく休むくらいはある」

「学君、また面白みのない解釈をする」

小鳥が茶化《ちゃか》すように突っ込んで来る。

「だから合理的解釈だ。ミステリ研はそういう部だよ」

この頃には学と小鳥が付き合っているのは公言していたので、名前で呼ばれても問題はなかった。ただし小鳥も状況によってはちゃんと彼を部長と呼ぶし、学も小林と苗字《みょうじ》で呼ぶ。

「でも本格ミステリでも実はあの人物が亡霊だったとか、犯人は魔女だったとかあるわけですし」

取りなすように言ったのは蓮だ。確かにそういう先例はあるし、有名作家の代表作と呼ばれるものにだってある。

「そういうのは大多数のミステリが正道を歩いている時に稀にあるから許されるのであって、それを当たり前にすればミステリというジャンルのわけがわからなくなる。あくまで例外であり、正面から取り上げるものではない」

少なくともそれが標準や手本となるべきではない、自分は柔軟性がないわけでも本格原理主義者でもない、と胸に呟くが、発想が古いと批判されそうで気分は良くない。

怜奈としても好んでこの話を持ち込んだわけではない、といった調子で言う。

「部長の言い分はもっともですが、相談された手前、私の所で止めるわけにもいかなくて。その友人が学校を休んでいるのは事実ですし、クラスメイトは相当気味悪がっていましたし。部長のような解釈は私も話したんですけど」

賛同を得られなかったのだろう。

学は舌打ちをこらえ、口許に手を当てた。

「厄介だな。放っておくわけにもいかないが」

岩永を入部させる副作用がこう現れるとは想定していなかった。

するとと黙って本を読んでいた岩永が、その姿勢のまま鷹揚にこう口を挟む。

「幽霊とか怪異とか、どうして皆そんなものを信じるんでしょうね」

「きみが言うな、きみが」

岩永の存在がそれらを強く連想させているのだ。

その岩永は本に視線を落としたまま、ページをめくりつつ愉快げに応じる。

「要はそのクラスメイトさんが納得し、気味悪さを解消する合理的な解釈があればいいのでしょう。それを提示するのがミステリ研らしい対応じゃあないですか」

いかにもミステリ研部員らしいことを言っているが、学は素直に受け取れない。

そして岩永は語り出す。

「こういう論理はどうでしょう。心霊スポットに行ったから学校を休んでいるのではなく、学校を休むために心霊スポットに行った」

学はそれがミステリ研らしい論理であるのが悔しいような、虚を衝かれたような気になってつい応じてしまう。

「逆説の発想か」

他の部員が岩永をあらためて見つめる中、彼女は微笑む。

「その友人は週明けから学校を休みたい事情があった。しかしその事情を周りに知られたくない。例えば彼氏に振られてそのショックでしばらく引きこもりたいけれど、そんな理由で学校を休むと言うのは恥ずかしい、同情もされたくない。プレイ中のゲームがちょうどいい所にさしかかっていて、学校を休んででも続けたいけどゲームに熱中しているのを知られるのはやはり恥ずかしい、いくつも考えられます。人の目が気になる年頃ですし」

そう言う岩永もそういう年頃のはずだが、皆の視線を受けている気負いなどまるでなく、つらつらと仮説を述べる。

「特に高校になってからできた友人だとまだ深く私的なことを話すのに抵抗があるでしょう。周囲にデリカシーなく広められるおそれも考えます。だから学校を休むもっともらしい嘘の理由を作る必要があった。そこに心霊スポットとされる廃病院に行く話になったので、利用しようと考えた」

「それなら普通に風邪でも引いて寝込んだ、って言うだけでいいんじゃないかな？」

小鳥が恐る恐るといった調子で反論したが、岩永は想定済みだったらしい。

「それだと風邪を引いている演技が必要になるかもしれませんし、お見舞いと称して様子を見に来られると面倒になります。けれどこの理由だと周りは気味悪がってお見舞いにも二の足を踏むでしょうし、電話も控えるでしょう」

特に一緒に廃病院へ行ったメンバーはそんな心境になるだろう。

「さらに今度登校する時、何事もなくけろりとしていても、それこそ体に塩をかけたら憑きものが取れたみたいに回復した、と言うだけでも済みます。周囲も何事もないようであれば、それ以上は追及を避けるでしょう」

岩永は言いながらクスクスと笑う。

「心霊スポットを楽しんでいられるのは実害がない間だけ。身近にそれが降りかかった者がいれば、話題にするのもしばらくは避けますよ。その友人は休んだ本当の理由を首尾良く隠せるわけです」

学の解釈よりは面白みがあり、筋も通っている。

岩永は顔を上げ、怜奈に向いた。

「そのクラスメイトにこう言っておけば落ち着くでしょう。そして友人がけろりと登校して来ても、事情を質さないよう注意しておくのもいいかもしれません。友人が隠したいことを追及するのは情がありませんし、場合によってはその事情が想定以上に深刻なもので、友人の心の闇《やみ》を覗いてしまうことになるかもしれませんし」

「う、うん」

穏やかに岩永に指示され、怜奈は気を呑《の》まれたような面持ちで肯く。

岩永はその反応に満足そうにし、また本へと目を戻しながら問題は片付いたとばかりあっさりと締めくくった。

「その友人も案外、明後日《あさって》には何事もなかったように登校するんじゃあないですか？」

運ばれた北京《ペキン》ダックを食べながらそこまで話した学はひとつ息をつく。伯父の耕也は感心しながらも、まだ岩永に対して決定的な恐れは抱いていない様子で相槌を打った。

「頭の回るお嬢さんではあるな。それに霊とかも信じていないようだが」

「どうでしょうね。それで二日後、岩永さんの言う通りになったんですが」

当時、予想されはしたが、落ち着かない思いをしたものだ。

「相談を受けた部員は翌日、クラスメイトに岩永さんの仮説を話しました。その次の日、問題の友人は本当にけろりと登校して来たそうです。急に体調が回復したとか。クラスメイトは岩永さんの指示に従い、それ以上友人に休んでいた理由を質さず、霊とかそんなないるわけないか、と笑っていたそうです」

部員達も岩永の言う通りに丸く収まったのでいくらか不自然さを感じながらも、そういうこともあるか、と深く考えないようにしていた。

耕也もうまく行き過ぎと感じつつも、まだ常識で測れるといった表情だ。

「単なる体調不良でもそのあたりで回復しそうだし、偶然の範囲内だろう」

「岩永さんもそう言っていました。結局彼女の仮説がどこまで当たっていたかは不明です。あらかじめ真実を追及しないようにと促していたのもあって」

「ああ、そこはぬかりないか」

岩永の頭が回る面を再認識してか、耕也は少しだけ浮かなそうにした。

学はそして過去の話に戻る。


放課後、部室で学は小鳥と二人でいた。部員それぞれに用がある時もあり、意図せず二人きりになる日も当然ある。そういう時は部室のドアを開けたままにしておき、恋人同士で部室にいても校内でやましいことはしていない、と一応体裁だけは保《たも》っていた。

「あの相談、やっぱり岩永さんが裏で何か手を回したんじゃないかな？」

小鳥が部室の床を箒《ほうき》で掃きながら、怜奈が持ち込んだ相談事の決着について振り返った。学としては藪蛇になりかねないのでその話題を避けたかったが、小鳥としてはちゃんと疑念を表に出して共有したいのだろう。だから学は小鳥では手が届かない棚の上や窓の上部を拭《ふ》きながら応じる。

「手を回すってどういう風にだ？」

「あの友人は本当に変な霊に憑かれていて、岩永さんがそれを説得してどこかにやったから元気になったとか？」

最も簡潔でわかりやすい解決である。実は学もその考えが頭をよぎった。ただし馬鹿げているとすぐ却下したのだ。

「霊の実在を前提にするな。それなら岩永さんがその友人の家に名医を派遣して体調不良を治療し、それを口止めしたとかの方がまだありそうだ」

霊などというあやふやなものを解決に盛り込めるなら、その解釈も十分に成り立つ。

「それこそないよ。岩永さんがそこまでする義理はないし」

「だったら憑いた霊を説得する義理もないだろう」

余計な手間にもほどがあるし、困っているのを見過ごせないといったお人好《ひとよ》しでもないだろう。学校で私的な付き合いをする気もなく、人の目も気にしないと言っていたくらいだ。自業自得でしょう、と微笑んで座ったままでいる方が彼女らしい。

そう思いはするが、だとすると別の疑問が連鎖的に湧いて、学は黙っておけずに掃除の手を止める。

「だがそれを言うなら、この部にとって都合のいい仮説を提示する義理も彼女にはないんだが」

「どういうこと?」

小鳥は岩永のあの仮説がそれぞれに配慮した、特にミステリ研にとって最善のものだったとは認識していないらしい。

「あの仮説によって友人は休んでいた理由を追及されずに済み、相談を持ちかけたクラスメイトは気味悪さが解消され、どちらも後々問題にしない決着となった」

「うん、そうだね」

「ミステリ研は合理的でひねりのある解答を示したことで、霊などまともに取り合わず、怪しげな部に見られるのを避けられた。そうしていなければ、今後ミステリに興味のないオカルトかぶれの連中が部に集まるきっかけになりかねなかった。もしそんな状況になれば現在いる部員が逃げるおそれがあるし、ミステリ研の趣旨も失われる」

普通にしていてもミステリ研をオカルト好きの巣と勘違いする人間がいるのである。助長する真似はできないため、あの相談を放っておくこともできなかったのだ。

「仮説の正しさは問題じゃない。あれはそれぞれの立場を考慮した最適な仮説だった」

学も後でじっくり考えてそこまで見通せたのだが、この推測が正しければ岩永はあの場で即座にそこまで計算した仮説を組み立て、提示したことになる。

「そうか。岩永さん、うちの部の将来まで考えて対応してくれたんだ」

小鳥はあらためて感銘を受けたように手を打ったが、学としては岩永の底知れ無さに胃のあたりが重くなる。

「ただそれも、その友人が岩永さんの予想通り二日後元気に登校して来たから効果があったんだが。もしいまだに学校を休んでいれば薄気味悪さは増したろうし、うちの部の評判に関わる事態になったかもしれない。別にこの部がどうなっても構わず、いい加減な仮説を言ったならそれでいい。しかしそうでないなら、その一点の保証を岩永さんはどうやって得たのか。確率的に高いと賭けたのか」

小鳥も幾分その不可解さに釈然としない表情をした後、割合真剣に、ひとつ指を立てる。

「やっぱり裏で手を回したんじゃ？」

「またそこに戻るのか？」

結局そうなってしまうのを学も認めざるをえない。さらに岩永がこの部にいるのもまた不可解なのである。

「ともかくあれは最善ながら危うさもある仮説だった。なのに彼女の言う通りになった。それこそが不思議なんだ。そして彼女はどんな企みがあってミステリ研に入り、そこまで気遣うのか。あの相談だって彼女は無視して構わなかったんだ」

幽霊などよりよほど怪しく理に合わない。学の警戒心は募《つの》るばかりだ。

そこで小鳥がはっと何か閃いた顔になり、青ざめつつ言い出す。

「も、もしかしたら学君に一目惚れして、好きな人のために役立とうとしたとか！　だったら部に入った理由もわかるし、部室によく来るのもわかるし！　少々無茶な仮説を言ってもいい所を見せたかったとか！」

恋人の小鳥らしい解釈であったが、学は完全に否定できた。

「待て。あれの俺を見る目は笑っていても奥が冷たいぞ」

「でも岩永さん、右は義眼だし」

「左も冷たいよ」

「で、でも好きな人にはつい冷たくしちゃうなんてことも！」

「彼女は人間全般に冷たい気がするが」

そこまで悪く言うのはどうかとも思うが、学にはそう感じられてならない。そして脇《わき》から彼を支援する声があった。

「全般とは言いませんが、部長さんは眼中にないですね」

その愉快そうな声の主は岩永だった。

「いっ、岩永さん！」

小鳥は箒を持ったまま飛び上がったが、学は反応するのも億劫《おっくう》で、部室に来た岩永を見下ろす。彼女も部員なのだから放課後に部室に来るのも当然あるわけで、ドアが開けたままだったので入室に学達が気づかなかったのもありえる。

だがもう少し現れ方に慎《つつし》みがあってもいいのでは、と注意したくもなるが。

「どこから話を聞いてたのか知らないが、全て説明してくれると助かるんだが」

岩永はステッキを突きつつ歩き、微笑みながら机に鞄を置いて椅子を引いた。小鳥が学の陰に隠れつつも岩永に敵対的に言う。

「ま、学君は譲らないよ？」

「だから眼中にありませんって」

岩永は椅子に座り、心底迷惑そうにするが、小鳥がなおも敵対的なのを見てか、しばらく迷うように顔をしかめ、いかにも渋々といった風にしゃべり出した。

「ええとですね、私には中学の頃から片想《かたおも》いをしている男性がいまして」

「何の話だ、何の」

この岩永と片想いというのがまるで嚙み合わない。そんな可愛らしい感情がある生き物ではないだろう。

岩永はそういう学の見解を察してか、むっとしつつ言い返した。

「だから私には他に好きな人がいるという話ですよ。それでその相手は現在大学生なんですが、すでに恋人がいまして。年上で背が高くて大人っぽい女性の」

「うわっ、勝ち目なさそうっ」

小鳥が容赦ない率直な感想を口に出す。確かにその男性に恋人がいて、しかも岩永と正反対と言っていいタイプなら、勝ち目は限りなくないだろう。岩永は年下で小さくて子どもっぽい。

岩永も自覚があるのか、苦々しげに続けた。

「だから現状、告白しても断られた上に印象を悪くしておしまいになりかねません。ひとまずその女と別れるのを待つしかないんです。二人が結納《ゆいのう》をかわすとかいう噂が聞こえて来ても、待つしかっ。私にも機会がある可能性を信じてっ！」

それは勝ち目がないどころではない段階ではないか。当人が可能性があると信じているなら否定するのも無粋《ぶすい》なので言わないが、一方で学はここまで聞いてもまだ岩永が何を伝えたいのかわからない。

「それときみがこの部にいる理由は何かつながるのか？」

岩永はやはり渋々という風に答える。

「ですから、そんなきわどい可能性を待っている時に人の恋路の邪魔なんかすれば、因果《いんが》応報《おうほう》で私の恋がかないそうにないじゃあないですか、機会が回ってきそうにないじゃあないですか！」

「うん、そういう人は恋愛の神様も助けてくれないね」

恋する女子としてか、そこは小鳥も賛同できるらしい。そう言えば岩永が入部する時、人の恋路を邪魔するのは怖いとか言っていた憶えがある。あれは方便ではなく一面の真実だったのか。

「だから恋愛に関する功徳を積んで良い見返りがあるのを願っているのです。そこで恋仲の部長さんと小林さんのために入部し、その仲が深まるよう、部の存続にも気を遣っているわけで」

ここまで本音を語りたくなかったが、小鳥に誤解されるとその恋路を邪魔していると思われ、善行が積めないと判断したらしい。

「二人が別れるのを願っている段階で、恋愛の神様から見放されそうだが」

学の真っ当な疑問に、岩永がしたり顔で反論する。

「神の論理を人の尺度で測るものじゃありませんよ」

まるで自分が神様みたいに言うのに学は少し苛立ったが、それ以上にこれまで岩永を警戒していた自分がひどく滑稽に思えて来た。

「つまりきみは、あくまで自分の利益のために部にいるわけか?」

「はい。ですから感謝はいりませんよ。むしろ私の功徳のために、恋愛相談を積極的にやってください」

岩永はいつもと変わらぬ人形的な心の読めない微笑みを浮かべ、椅子に座り直す。小鳥はこの吐露に岩永への親近感を上昇させたようだが、学はまだ得心いかない。

「だがきみなら神頼みより、二人が別れるよう自分で裏から手を回しそうな気がするが。それこそ手段を選ばずに」

「私をどんな人間と思ってるんです?」

そんな人間と思っている。

岩永はそう思われても仕方ないという客観性はあるのか、指摘を認めつつ悔しげに答えた。

「そりゃあその手も考えはしましたが、それが後で彼にばれたら取り返しがつかないでしょう。こればかりは万にひとつの危険も冒せません」

やれるものならまさに手段を選ばずにやるものを、という含みが感じられる。やっぱりやる気はあるんじゃないか、と学は若干退いたが、そこまで慎重になるならよほどその相手に執心しているのか、と変に感心してしまった。

ともかく岩永が入部し、相談事を積極的に解決した理由ははっきりしたと言えるだろう。

ならもうひとつはっきりさせねばならないことがある。

「じゃあこの前の相談事の件だ。功徳を積むならこの部がどうなってもいい仮説は言わなかったろう。問題の友人が二日後けろりと登校して来たのは偶然か？」

学は強く尋ねたが、岩永はしばしの沈黙の後、にこりと笑ってこう言った。

「さあ。そこは裏で手を回したかもしれませんね？」

結局そうなるのか。真実はかくてうやむやにされた。

運ばれたデザートの杏仁豆腐《あんにんどうふ》を前にする耕也は、岩永に対し常識的な判断をしよう、あるいは常識で理解できるものと思おうとしているようだった。

「自分の片想いを理由にお前達に肩入れするとか、可愛らしい子じゃないか」

そこだけ切り取ればそう言えなくもない。

「結婚の約束をした恋人のいる男に年単位で執着し、その情報を密《ひそ》かに集め、別れるのを願うののどこが可愛いんです？」

学は客観的な事実を並べ、伯父の認識を正す。

「さらに彼女が二年の時、その片想いの相手が結婚間近だった恋人と実際に別れたことがわかりましたし」

耕也が表情を固くした。学もつい固い声になってしまう。

「ほどなく岩永さんはその彼と親しくなり、三年の時には恋人として正式に付き合うようになってました」

その頃、学は高校を卒業しており、小鳥から聞いただけなのだが、当時の岩永は部室に来ても浮かれており、恋人となった相手のことをよく語っていたという。そうなる見込みが限りなくゼロに近い状態と知っていた学は、啞然とするのはもちろん、こんなことがあっていいのか、と言葉もなく震えたものである。小鳥も同様だった。

耕也も杏仁豆腐を食べるためのスプーンを持っている手を宙で数秒停止させた後、

「それは、ちょっと怖いな」

ともらした。怖いのである。岩永の思い通りになっているのである。

「その後もミステリ研にはいくつも面倒な相談が持ち込まれましたが、ほぼ彼女の思い通りに解決されていますよ。なぜそう解決できたのかわからないケースもありますよ。そんな相手に企みを持って近づいても、見透かされてあしらわれるのが落ちでしょう」

伯父のように大人の経営の世界で有象無象と渡り合って来た人間にとってはこれらの学生時代のエピソードは他愛ないものかもしれない。岩永も今は二十歳を過ぎ、ただの人になっているかもしれない。

しかし現在の彼女についての噂と合わせれば、軽率な判断はできまい。梅檀《せんだん》は双葉より芳《かんば》しとも言う。

耕也は難しい顔で呟く。

「つまり岩永嬢にはうかつに手出しするなってことか。いや、そこまでこだわる彼氏がいるんだ、その男をこちらに取り込めば、御令嬢を間接的にあやつれるんじゃ？」

学としては命知らずな検討をしているという感想を抱かざるをえない。

「今もその彼と付き合ってるかどうか知りませんよ。付き合っていたとしても、彼女の逆《げき》鱗《りん》に触れかねない行為に思えますが？」

いわば岩永の所有物にちょっかいをかけるようなものだ。その危険性は耕也も直感できたらしく、頬《ほお》を歪《ゆが》めた。

「そうだな。それを面白いと感じてくれるタイプではないだろうな」

人間全般に冷笑的な彼女が、他人の思惑に乗せられるのを良しとはしないだろう。結果的に学の思惑通りミステリ研究部に入部するにも、まず学を徹底的にやり込めてから、という手順を踏んだくらいなのだ。

耕也は本気で閉口したように腕を組む。

「これは彼女の機嫌を取ろうとするのも危険になるか?」

学はいくらかためらったものの、訊かないでいるのも無責任になりそうな気がし、ここで本質的な問いかけをした。

「どうしてまた岩永さんの情報を集めてるんです? 伯父さんの会社に関わりがあるとも思えませんが」

「詳しくは話せないが、遺産相続に絡んでな」

「遺産相続?」

ますますどうつながるのか不明である。少なくとも学の身内で相続が問題になりそうな状態にいる人物は思いいたらない。

すると耕也が説明する。

「俺の妻の父親、つまり俺の義理の父が音無剛一《おとなしごういち》っていうのは聞いたことあるだろう?」

「ああ、有名なホテルグループの会長でしたね。国内だけでなく世界規模にもなってる」

伯父の配偶者の方の相続問題か。そちらを忘れていた。それも会社の規模の桁《けた》が違うグループともなれば、生前も早くから気を遣わねばならないだろう。

「現在八十一歳で、健康面の問題もあって経営からはほとんど退いてるんだが、その資産はやはり巨額になる。だから亡くなった時、相続をどうするかっていう話になるんだが、最近になってその分割に際して変な課題を出して来てな」

「遺産相続で課題って。そんな争いをあおる真似をすれば、ミステリでは大抵殺人事件に発展しますよ。定番ですよ」

学は現在籍を置いている大学でもミステリ研究会に所属しているが、ミステリじみた事件を現実にまで望みはしない。そんなことが起これば、純粋にフィクションを楽しめなくなるというものだ。

殺人事件という言葉に伯父が気を悪くするか咎《とが》められるかとも学は思ったが、伯父も現状に同じ感想を抱いていたのか、憂鬱《ゆううつ》そうに眉を動かす。

「まさにそうだな。ただ殺人が起こる心配をする段階は過ぎているんだが」

口振りだと状況はもっとややこしそうだ。ますます学としては関わりを遠慮したい。

耕也は烏龍茶を口にし、愚痴っぽく連ねる。

「課題については詳しく話せない。ただそれをうまくこなした者に優先的に遺産を分けると言い出して来たんだ。音無会長の子どもは俺の妻を含め三人。会長の奥さんは亡くなっているから、実質的にこの三名が相続人だ。さすがに遺産全部を子どもひとりに譲るなんてでたらめな話じゃないんだが、遺産と言っても現金や不動産、株式に美術品や骨董品《こっとうひん》、様々ある。将来的に値上がりするものもあれば、価値が無くなりそうなものもある。課題の勝者はそれらのどれをもらうか、優先的に選べる権利を与えられるんだ」

「将来的に何倍もの差が生まれかねない分配になるわけですか」

耕也は面白くなさそうに鼻を鳴らした。

「もともと俺の会社の経営を義父に助けてもらったことはないし、その遺産も当てにしてはいない。だが妻は黙って兄弟を得させるのは嫌らしくてな。やけに力が入っている」

この伯父でも妻には頭が上がらないらしい。あるいは男として建前だけでも義父の遺産に頼る気はないと格好をつけているのか。会長の子ども達の人間関係はわからないが、相続で損をしても構わないという人間が少ないというだけかもしれない。

「そしてこの課題の判定役に、岩永の御令嬢が選ばれたんだ。誰が課題を一番うまくクリアしたか、彼女が吟味し、決めるという。音無会長が指名した」

耕也の示した答えに、学は開いた口が塞《ふさ》がらなかった。耕也にしてもその決定に山ほど訊きたいことがあるが応じてもらえていないといった表情をしている。

それでも学はつい尋ねてしまった。

「それは無茶でしょう。相続人からすれば得体の知れない小娘ですよ。どうしてまたそんな重大な役目に？」

「わからん。会長が以前から岩永家と付き合いがあったかどうかも知らない。ただ決定事項だ、合わせた対策が必要になる。そのため判定を左右する岩永琴子の人となりや嗜好《しこう》を前もって知っておきたかったんだが」

得体の知れない小娘に巨額の遺産の行方を決められるとなれば、わずかでも情報が欲しいだろう。攻略法を前もって思案して当たり前だ。

この場合、学はそんな面倒事に巻き込まれた岩永に同情すべきか、そんな岩永を相手にしなくてはならない相続人を憐れむべきか、判断に迷う所だ。自分が伝えた情報も、伯父にとっては悲観的なものだろう。

ただ耕也はそこにも利用価値を見いだそうとしている。

「半端《はんぱ》な工作が逆効果とわかったのはせめてもの収穫か。いや、妻の兄弟に岩永嬢へちょっかいを出すよう仕向けて、失点をつけさせれば相対的にこちらが有利になるか？」

伯父ならその方策のリスクにすぐ気づくと思えたが、学は念のため注進しておく。

「その工作を彼女に見抜かれ、奥さんのご兄弟の前でばらされたら今後の親戚《しんせき》付き合いが大変になりませんか？」

音無会長の子息なら社交界にも影響力があるだろう。その不興を買えば、伯父の会社の経営にも余波がありそうだ。

耕也は顔をしかめる。

「そのおそれも計算しなきゃならんか。いったいどういう娘なんだ?」

そういう娘というのが学としての回答だ。

そこで伯父が警戒するように尋ねて来る。

「お前、今でも岩永嬢と連絡とかは?」

つながりがあれば、この会談について伝わるかもしれないと気にしたのだろう。

学は笑って否定した。

「在学当時から彼女の電話番号もアドレスも知りませんよ。今頃どうしているのかさっぱりです。彼女も俺達のことはもう憶えてもいないんじゃないですか」

恋人の小鳥が岩永と同学年だったので学が高校を卒業してもまだ近況は知れたが、その小鳥も卒業し、岩永とはすっかり縁が切れている。本当に高校時代だけの関係だった。

「その方が気が楽なくらいですが」

耕也は学がそう笑って言い切るのを受け、そんな相手にこれから本格的に関わらねばならないのか、と暗澹《あんたん》としているようだった。


夜になって、学は恋人の小鳥と会っていた。この日は小鳥のアルバイトが終わった後、ショッピングモールで落ち合い、そこに入っているシネマコンプレックスで映画を観《み》る予定だったのである。

　シネマコンプレックスに向かうモール内の通路を手をつないで歩きながら、会話はどうしても何時間か前に話題にしていた岩永琴子についてになる。共通の知人の近況を知ったのを話さないでおくと、隠し事をしているようで落ち着かなかったというのもあった。

「その話だと岩永さん、やっぱりまともな道を歩いてないねー」

　学から伯父との遣り取りの概要を聞いた小鳥はもはや笑うしかないといった調子だ。聞き方によっては岩永に対してかなりひどい感想だが、学はおおむね同感だった。

「高校時代からまともな道を歩いていたとは思えないからな」

「今さらだけど、絶対裏で何かやってたよね」

「今さらだが、やってなかったという方が信じられない」

　そんな人物と同じ部にいてよく無事でいたと今だから思える。いや、あれで岩永は学達に害が及ばない線をきちんと引いてくれていたのだろう。

「でも岩永さん、大丈夫かな。その会長さん、単純に判定役を任せたならいいけど、きっと他の意図があるよね？」

　小鳥は少し声を落とし、岩永を気遣うように学に尋ねて来る。学は肯定した。

「判定がどれほど公正であれ、不満を抱く者は出るだろうし、黙ってもいないだろう。ならその役には皆が結果を受け入れざるをえない人物を選ぶのが普通だ。そこに岩永さんはあまりに不適切だよ。つまり会長はこの人選で、不穏なことが起こる状況を積極的に作ろうとしているとしか思えない」

それは会長の子ども達も気づいているに違いない。さらにそこまで会長は計算して岩永を引き込んではいるだろう。学ごときでは推察するだけで精神が削られる腹の探り合いが行われていそうだ。当事者の岩永の負担はどれほどになるか。

それでも学は、彼女への気遣いが湧いてこない。

「だがやっぱり心配するのは音無会長だ。岩永さんを思い通りにできるわけがないし、そこに悪意や下心があれば必ず痛い目に遭う」

「あ、そっちの方が簡単に想像できる」

小鳥も岩永を気遣いはしたが、そう言われれば杞憂《きゆう》だと即座に理解できたらしい。学は笑いながら言うしかない。

「彼女を出し抜ける人間がいるとは思えない。いるとすればよっぽどふざけた、人の規格から外れた人物だろうな」

そしてそんな人間が実在するわけがない。岩永からしてよっぽど規格を外れた存在なのだから。

「そう言えば岩永さん、片想いのかなった人とまだ続いてるのかな?」

「続いていても、その人の心身に異常がなければ奇跡に思うが」

学としては半ば本気の意見だった。規格の外れた存在を出し抜ける者がいないように、それとまともに恋人として歩調を合わせられる者もまずいないだろう。

小鳥は笑うが、否定はしきれないようだ。

「そこまで言う？　でも高校の時に見せられた二人一緒の写真、どれも彼氏の人が疲れたみたいな顔してたよね？」

「岩永さんは満面の笑みだったがな」

それがまた学達には笑えないのだが。

学達は岩永が片想いをしていた相手本人に会う機会こそなかったが、写真ではこれといった個性や強さを感じない、人畜無害な好青年といった人物だったのは憶えている。こういうのが岩永の好みなのか、と驚いた憶えがあるし、写真の中の青年が制服姿の岩永の横で迷惑そうにしていたのも憶えている。ただ青年の顔の詳しい造作などはまるで思い出せない。ぼんやりとしたイメージしか記憶に残っていなかった。

そしてそれらから導き出される結論は、小鳥も学と同じようだ。

「彼氏の人、逃げられないよね」

「逃がさないだろうなあ」

あの青年は岩永に振り回され、疲労困憊《ひろうこんぱい》しながらも自分の意志ではその状態から抜け出せない身の上であろう。怖い話である。

そんなことを考えていると、前方から歩いて来る二人連れの会話が聞こえた。その親しそうな遣り取りからすると、恋人同士と思える。

「私ももう二十歳ですし、今日は居酒屋という所に連れて行ってください。とりあえずビールを頼み、枝豆を食べるというのをしてみたかったので」

「変な行為に憧《あこが》れるな。注文の段階で断られるぞ。今日も年齢制限のある映画への入場を止められたのを忘れたか？　僕まで白い目で見られてな」

「そこで他人のふりをした人が何を偉そうに」

「他人だ、他人」

「私の今日の下着の柄を知っているのに他人と言いますかっ！　ペイズリー柄と！」

「だから大声でそういうことを言うな」

「痛い痛い痛いっ！」

　話の流れから最後、背の高い男の方がベレー帽をかぶった背の低い娘の顔面を思い切りわしづかみにし、娘が手にしているステッキを振り回して応戦している。とりあえず二人が恋人同士であるのは確からしい。

　二人はそんな言い合いをしながらも学と小鳥の横を滞りなく抜けていき、遠ざかる。そして学と小鳥はその二人を目を丸くして見送ってしまった。

ベレー帽をかぶり、ステッキを持っている背の低い娘は、見間違うはずもない、岩永琴子その人だったから。岩永の容姿は学の記憶とほとんど変わっておらず、またあれほど忘れがたい人間は他にいないだろう。青年の方も、記憶は薄くなっているが写真で見せられた片想いをかなえた相手と重なる雰囲気だ。その人に違いないだろう。

二人の姿が完全に見えなくなってから、学は小鳥に同意を求めた。

「見なかったことにするか？」

「まあ、仲良しそうではあったよね？」

男性の方が壮健で、岩永に振り回されるばかりではなかったのはもしかすると安心すべき事実かもしれない、と感じつつも、あの岩永があああも雑に扱われているのが意外なような、痛快だったような。ペイズリー柄の下着ってなんだ。

それよりあの岩永がああもくるくると表情を変え、大きな声を出すとは。高校時代は笑っていても冷ややかで、感情表現ももっと乏しかった。まさに精巧な人形という存在だった。それがどういうわけか。

あれこれ複雑な感情を持て余した結果、学は疲労感とともにこう言うしかなかった。

「やっぱり岩永琴子は、俺達の理解できる存在じゃないな」

小鳥も同感そうだった。

岩永琴子と桜川九郎はショッピングモールを出て、岩永の希望通り、手近にある大衆的な居酒屋に向かっていた。

すると九郎がショッピングモールの方に気掛かりがあるように振り返る。

「さっき、僕らを幽霊にでも出くわしたみたいに見ていたカップルがいたが、心当たりあるか？」

九郎も気づいていたのか。岩永は何かと容姿に際立った所があるため、人から注目を受ける時が多々あるが、九郎にはあの二人の反応は少し違って映ったのだろう。

「あの二人ですか。私が高校時代、お世話になった人ですよ」

天知学と小林小鳥だ。ミステリ研究部で一緒だった二人で、岩永としては高校で一番親しかった相手かもしれない。卒業してしまえばそれこそ他人ではあるが。

九郎はそれだけの説明で何もかも合点《がてん》がいったようにする。

「ああ、お前の被害者か」

「何てことを。あの二人の仲を私が深めたと言っても過言ではありません。その功徳によって、私は先輩と結ばれるという報いを得られたわけで」

「つまり僕が一番の被害者か」

「なぜそうなる」

岩永の指摘を九郎は完全に無視し、腑に落ちなそうに続けた。

「しかしあの二人、その割には僕らを見て絶句している風だったぞ？」

「見知った可憐な娘の顔面が男にわしづかみにされているのを見れば誰でも言葉を失いますよ。恐怖のあまり」

「可憐な娘が自分の下着の柄を大声では言わないだろう」

恋人の顔面をわしづかみにする彼氏もそうはいないのだから、例外は常にあるというものだ。

「まあ、あのお二人が今も付き合っておられるのは何よりです」

もはや岩永とは無関係の二人であるが、とうに別れて違う相手と景気良くやっているのを見るよりは、よほど心が和むというものである。

「それより音無会長に押しつけられた役目の件です。九郎先輩もちゃんと手伝ってくださいよ？　同行の許可はもらってますし、面倒なことになりそうですし」

当面、それが岩永にとっての懸案である。過ぎ去った人間関係にかかずらっている場合ではないのだった。

今日は、居酒屋に行ってとりあえずビールを頼む予定だったが。

第四章　スリーピング・マーダー（前編）

ホテルの上層階にある明るく天井の高いラウンジで、岩永琴子はひとりの老人とテーブルを挟んで窓辺の席についていた。喫茶、軽食、待ち合わせや打ち合わせのために設けられたその店はがらんとして静かだった。

透き通った窓の向こうに街並みが広く見渡せ、八月上旬の晴れた空もよく眺められる。時刻は午後三時過ぎ。食事時から外れ、人の動きも一段落した頃合いなので客が少なくなりもするだろうが、岩永と老人二人しかいないとなれば、この時間、このためだけに店を貸し切ったと見た方がいい。

内密な話をしたいのだが、個室だと岩永を必要以上に警戒させ、圧迫感を与えかねないため、開放感のある店の窓辺の席での面談を選んだのだろう。ただそのために店を貸し切り、店員もアイスティーとハーブティーを運んで来た後は視界から消えているよう指示できる事実は、それだけで十分圧力になりそうではある。

「すまなかったね、琴子さん。面識もない老人からいきなり頼み事があるから会いたいと求められ、驚いたかと思う」

グレーのスーツにネクタイもきっちりと締めた老人は穏やかにそう言った。老人の名は音無剛一といい、岩永の調べによると現在八十一歳。ホテルグループとして有名な音無グループの会長で、現在は健康上の理由で経営から身を退いているという。

確かに剛一は名前のたくましさに比べてやせ細り、いかにも体を損《そこ》なっていそうである。まだ足腰はしっかりとし、ひとりで達者に動き回れるようではあるが、国内外で二百以上のホテルを経営し、その他の不動産業や観光開発にも力を発揮している大グループを指揮して来たという熱や欲は感じられない。どこか達観し、重荷を下ろしたごとき落ち着きが見受けられる。

岩永はアイスティーのストローに口をつけた後、正直に答えた。

「驚いたと言いますか、迷惑この上ないと言いますか。それも父母を通して丁重に依頼されたとなれば、足を運ばざるをえません。政財界にも影響力の大きい音無グループの会長からの求めは父母も無下にはできませんし、私も父母を困らせたくありませんから」

「私に害意はなく、礼を尽くしてお願いしただけなのだが、変に地位を得ると脅迫的に受け取られるものだね。ただどうしてもこの頼みは、琴子さんでなければできないと思ったものだから」

剛一は岩永のぶしつけな言葉にもただ楽しそうにし、いっそう信頼を深めた態度を取っている。

さてこれはどういう頼みなのか。岩永は考える。剛一の連絡を受けてから、ここに来るまで多少は調べたが、真意をつかめなかった。

社会的地位のある相手であり、父母を通しての依頼であるからそれこそ害意などないだろうが、どう考えても面倒な頼みだろう。化け物や妖怪達の知恵の神としての活動もなかなかに忙しいのに、老い先短そうな権力者のわがままにまで奔走するのは避けたいものだった。

「会長さんに比べれば、私などまだやっと二十歳になったばかりの小娘です。社会経験も乏しく、ご期待に応えられる器量は持ち合わせていませんよ」

岩永は外見も中学生と間違われるほどである。

「私と一対一で向かい合って、優雅にお茶を飲めるだけで大したものと思うが」

「せっかくのアイスティーがぬるくなってはもったいないでしょう」

剛一も今のところ威圧的な気配は出していない。岩永にしても剛一に取り入ろうとか、こちらから何か頼もうというなら緊張もするが、そんな下心はない。なら迷惑がてらおいしくお茶を飲んでついでにケーキも注文させてもらえないか、という心理にもなるだろう。

剛一は納得した風にすると話を始める。

「噂に違《たが》わぬお嬢さんだね。もっとも私も音無グループの会長などと言われているが、成り行きでそうなった身だ。そこはずっと、居心地が悪い」

それから苦笑を浮かべた。

「もともと私は音無の家の者ではない。旧姓は工藤《くどう》という。グループのホテルに勤め、若いながら管理の改善策など提言していたところ、当時の社長、音無伝次郎《でんじろう》氏に見込まれ、お嬢さんの澄《すみ》さんと結婚させられた。かといってすぐグループの中心に入ったわけではない。もともと伝次郎氏は娘の澄さんの経営の才を認め、彼女に後を継がせようとしていた。彼女が次期社長であり、私はその補佐としてちょうどいいと選ばれたんだ。副社長という役職を約束されたわけではあったが、実権などほとんどない、上と下との調整役だね」

そのあたりは財界でもよく知られている。剛一は娘婿《むすめむこ》として音無家に入り、あくまで令嬢の澄を支えるためだけに伝次郎に選ばれたと。それを揶揄《やゆ》して語る向きもあり、剛一を軽んじる評判も広く聞かれた。

「事実、澄さんはその時代において飛び抜けて優れた経営者であったよ。私との結婚から十年後、伝次郎氏は亡くなったが、その後澄さんは正式に社長となって父の遺志を継ぎ、グループの規模を拡大させ、世界的なものにまで成長させた。まさに破竹の勢いであり、止《とど》まる所を知らなかった。その上で三人の子どもまでもうけたのだから、烈女とでも言うしかない人だったよ」

それもまた知られた事実だ。音無グループの基礎を作った伝次郎、飛躍させた澄。実質二代でその名を知らしめた。二人の後を担った剛一の存在が軽んじられるのもやむを得ないといった躍進である。

一方で、岩永は別の評価も知っている。

「しかし澄さん亡き後、グループを守られたのは会長だとも耳にしています。剛一氏がいなければグループは崩壊していたろうとも」

「うん、そういう声もあるね。それにこういう声も耳にしなかったかな。もし音無澄があと一年長く生きていれば、グループは崩壊していたろうと」

自嘲《じちょう》的ではなく、どこか岩永の反応を探る剛一の調子だった。

「奥様は二十三年前、路上で強盗とおぼしき何者かに刺殺されたんでしたね。犯人はいまだ捕まっていないと」

この面談までに調べた中で、岩永が一番気になったのはその件だったが、果たして相手側から水を向けて来た。

剛一が気分が良さそうに肯く。

「うん、実はその犯人、私なのだよ」

ラウンジの中は静まりかえっているが、その声はそう遠くには届かなかったろう。少なくとも岩永の視界に剛一以外の人間はなく、その範囲外にいる者には聞こえなかったろう。

岩永は老人の喜々とした具合の告白に一瞬だけ驚きはしたが、やはり面倒くさい話になって来たじゃあないか、と胸に毒づきながら上品に受け流す。

「ご冗談を。まあ、音無会長が犯人であられても構いませんが。事件は二十三年前、何度か法改正はありましたが、時効が成立していますね。もう少し事件が新しければ適用されないところでしたが」

「これが冗談ではなくてね。いや、私が直接澄さんを殺したわけではないんだが」

「なら人を雇って殺させたと?」

「それならまだわかりやすい。たとえ時効であっても警察が動いてくれるだろう。けれど人を殺してくれる人物なんてそうたやすく見つかるものじゃないよ」

「そうですね。小説や映画ではないのですから」

「まったくその通り」

剛一はゆっくりティーカップを手にし、少し照れくさそうに続けた。

「澄さんを殺したのは狐の化け物、妖狐《ようこ》と呼ばれるものだ。私は既知の理の外にあるものと取引をし、澄さんを殺してもらったのだよ」

化け物。つまり妖怪、あやかし、怪異とも呼ばれるもの。

妖狐とは比較的有名な化け物だろうか。狐の化け物にまつわる昔話や民話はよく目にするものであり、人と結ばれて子を成したり、精気を吸って取り殺したり、様々なものに化けて人々を騙してからかう、といった内容が多いだろうか。

狐につままれる、といった慣用句もあり、落語にも狐に繰り返し騙される旅人を描いた『七度狐《しちどぎつね》』という演目がある。時の権力者をたぶらかし、国を乱したという九尾《きゅうび》の狐《きつね》、高名な陰陽師《おんみょうじ》の母とも言われる葛《くず》の葉《は》などの伝承もよく知られているだろう。

岩永も妖狐とは何匹か知り合いがあるし、知恵を貸したこともある。その妖怪がこんな所で関わるとは。

「それこそ冗談が過ぎるというものです。世界的なホテルグループの会長が、妖狐などといった非科学的な存在を口にされるなど」

岩永は冗談ではないだろうと直感してはいるが、そうなれば剛一の頼みはいっそう断りづらいものになる。これは彼女が無視できない領域の話になるのだから。

「ホテルグループの会長だからこそ、非科学的なものを信じるのだがね。ホテルは不特定多数の人間が日々出入りし、殺人や自殺、事故や火災で人の死の舞台にもたびたびなる。そのせいか、客室に幽霊や超常現象が現れるといった話も多く聞かれる。ホテル経営に数多く関われば、既知の科学では説明のつかない事象に嫌でも出くわすんだ」

客室に超常現象が起こるとなればその部屋が使えなくなるかもしれず、ホテルとしては評判にも関わって経営問題になるため、気のせい、迷信とあっさり片付けるわけにはいかないだろう。その仕事に長く携わるほど、怪異を信じる側になるかもしれない。

「部屋に飾ってある絵の裏に御札《おふだ》が貼《は》ってある、といった話もあるだろう。ホテルというのはそういった怪談に困らない」

　剛一は明らかに岩永の反応を面白がっていた。

「もちろん、表向き認めはしないが、現実にあるものはある。そして私は二十三年前、確かに妖狐と取引したのだ」

「会長の主観としてそれが事実とするにやぶさかではありませんが、なぜその話を私にされるのです？」

　できる限りうんざりとした態度を岩永はしてみせたが、剛一に通じた様子はない。

「一部では有名じゃないか。琴子さんはそういった怪異について一家言あると。うちのグループのホテルでもかつてある客室で心霊現象が続き、噂に聞いたきみに相談にいったという。するときみはその部屋に訪れ、たちどころに解決した。きみに不思議な能力があるのは誤魔化しようのないものだろう」

「いやいや、確かに時折父母を通してそんな頼みをされて不承不承に応じはしますが、それらはまず全て錯覚や珍しい物理現象、心理的な思い込みといった合理的な説明ができるもので、私もその場でそういった説明をしていますよ？」

実際に霊や妖怪が関与しているケースが大半であるが、そんな説明をしても胡散《うさん》くさいだけなので、適当な説明をでっち上げ、周りを納得させてから問題が起こらないように霊なり妖怪なりと話し合って帰るのである。

「私は科学の子ですよ。この義眼と義足もその成果ですし」

岩永は言いながらそばに置いていた赤色のステッキを手にして、右眼と左足を示す。

剛一はそれこそ要点とばかり、満足げに目を細めた。

「その義眼と義足の原因はまさに神隠しといった現象であり、きみには怪異に祝福された気配を感じるよ。他の者はさておき、きみだけは私の話を信じてくれると今回の頼み事を持ち込んだんだ」

岩永はあきらめた。人の中にも霊感や第六感といった、理外の理の存在を知覚する力を持つ者がいる。剛一はそういう人間なのだろう。そして現実に妖狐と対面した経験がある。なら岩永が言を左右にしても、その確信は揺らがない。

いったい何を頼もうとしているのかはまだ見えないが、話を聞くしかなかった。

「ご無礼をしました。続けてください」

剛一はひとつ首の後ろを撫《な》で、過去の出来事を述べていく。

「二十三年前、澄さんの勢いはやはり止まっていなかった。グループを世界一のものにする、それが伝次郎氏の遺志であり、澄さんの目標であった。だからグループはひたすら拡張を続けていた。だが何事にも限界があり、足元を固めず背を伸ばせば大きく転ぶ。能力を超えて手を広げればどこかで無理が生じ、身が折れる。グループはそういう状態に迫りつつあった。けれど澄さんはそのリスクを顧みず、止まろうとしなかった」

「調子が良い時とはそういうものでしょうし、奥様はそのリスクを越えられると信じておられたのでしょう」

「うん、澄さんは自分ならそれくらいの問題は処理できる、だから他の者も処理できると言っていた。制止の言葉も他の者は努力が足らないだけ、と切って捨てていた。反対する者、抵抗する者は容赦なく排除していった。グループの幹部の多くが危機感を共有していたが、誰も澄さんを止められなかった。私も含めてね。所詮《しょせん》、伝次郎氏に選ばれただけの婿なのだから」

老いたとはいえ剛一は背丈《せたけ》もあり、容姿も整っている方だ。仕事もできたろうから、娘の相手として遺伝子的にも適格とされたのかもしれない。

「また澄さんは子ども達の人生も支配しようとしていた。長男は料理人になりたいのにそれを許さず、グループの後継者にしようとした。長女が連れて来た恋人もお前にはふさわしくないと、別れさせようとしていた。次男が積極的にグループの仕事を継ごうとしていたが、長男が継ぐべきと望んだ仕事をさせなかった」

ワンマン経営で突き進んでいる人物が、家庭でも同じ方針というのはいかにもありそうである。同族経営のグループなら、家庭と経営もより一体化するだろう。

「当時、子ども達は皆成人し、一人前に暮らしていた。それぞれ望む人生があった。それを歩む力もあった。けれど澄さんはいっさい耳を貸さず、自分の思い通りにしようとしていた。その正しさを自ら疑うこともできなかったんだろうが」

剛一にそんな澄を責める色はない。

「限界だったのだよ。放っておけば子ども達は潰れる。グループも潰れる。それがわかっていたが、私にはどうすべきかわからなかった。それで三月の初め、私は山奥にある別荘にひとりこもり、方策を考えていた。夜中、庭先に出て、つい『澄さんさえいなくなれば、全てうまくいくのに』と呟いていた。何度も口に出していたようだ」

グループや子ども達の前に、剛一自身が潰れかけていたのだろう。ならあなたはありもしないものを見るほどに神経がやられていた、という説明は通じるか。岩永はそう考えてみたが、通じないだろうな、とすぐ判断して話に耳を傾ける。

「そこに一匹の狐が現れ、こう言った。『ならその願い、叶《かな》えてやろうか』と」

剛一は岩永がこの話題をどう煙に巻くか思案しているのを見透かしたように微笑んで、ついに化け物との遭遇を語り出す。

「最初はどこから声が聞こえて来たのかと戸惑ったよ。付近に民家はなく、別荘にもひとりで来ていたからね。でも声はすぐそばから届いた。その狐が口にしたとしか思えなかった。そして狐は、今度はしかと私を見て人の言葉をしゃべった。『詳しく話せ。我は妖狐。年経《へ》たあやかしだ。お前の住む世の法ではできぬこともやれるぞ』と」

妖狐なれば人に化け、そうと気づかれず村や町も歩く。言葉くらい自在にあやつれる。

「私は驚き、怯えはしたが、化け物よりグループと子ども達の未来といった現実の方が怖かったよ。まともに相談できる相手もいなかったしね。だから自分の置かれた立場、悩みを残らず話した。狐になら話したところで誰にも咎められないという気安さもあった」

もし妖狐が人間に化けて近づいたなら剛一もためらい、別荘に帰って扉を固く閉じたかもしれない。人の言葉を使う狐だけに夢のようで、現実逃避とばかりにすがりやすかったのだろう。妖狐もそこに付け込んだのだろう。狐は狡猾《こうかつ》というイメージは、妖狐についてはそれほど間違っていない。

「話を聞いた妖狐はあらためてこう提案して来た。『わかった。ならお前の奥方を我が殺してやろう。お前やお前の家族に疑いがかからぬようにな。その代わり、我の願いもひとつ叶えよ』と」

「化け物と取引なんて、何を持っていかれるかわかりませんよ」

つい岩永は口を挟んでしまう。それは時に、秩序を乱すきっかけにもなる。

剛一はよほど岩永が鬱陶《うっとう》しそうに言ったからか、朗らかに笑った。

「そうだね、この時は私の命や魂と引き換えに、と言われるのも覚悟した。たとえそうであっても二つ返事で了承したろうがね。ところが妖狐の願いというのはきわめて現実的なものだった。とある山手の土地を開発して人が使う場所にしてくれ、と。その妖狐の敵対する同族がそこを住処とし、勢力を伸ばしているので、それを押さえつけてやりたいと。住処が開発されれば相手はよそに追われ、力も制限されると」

そういう取引だったか。油揚げを一年分寄越せ、という牧歌的な要求で殺人が行われているとそれはそれで複雑な気持ちになるが、同族の勢力争いに人間を利用しようというのはいかにも世俗的で狡猾である。

「その土地はどこかと訊けば取得は困難でなく、開発にも手はかからなそうだった。地域振興や保養所名目でも手を入れられる土地だった。澄さんがいれば私の一存ではできないだろうが、いなくなれば可能だった。命さえ引き渡す覚悟だった私にすれば、たやすい代価だ」

かくて剛一は渡ってはならない川を渡ったのか。

「私は約束した。澄さんが亡くなれば、お前の願いを叶えようと。妖狐は『ならひと月のうちに、亡き者としてやろう』と言って山に消えた」

岩永は黙ってアイスティーを飲む。ケーキを注文したいが、ここで店員を呼ぶわけにもいかないだろう。

「十日ほど後だ。澄さんは路上で強盗とおぼしき相手に刺殺された。やがて葬儀やグループの混乱が一段落した頃、ひとりの男が社に入ろうとした私にすれ違いざま、こう言った。『奥方は殺してやったぞ。お前も約束を忘れるな。果たさぬなら、今度はお前を殺してやろう』と。それは妖狐が化けた姿だったのだ。私は肯き、男はまさに狐のように目を細くして去って行った」

「それで約束を果たされたんですね？」

「そう。土地を取得し、開発するには少々時間がかかったがね。妖狐が遅いと催促に来ないか何度か心配になったが、狐などが住めそうにない場所には一年内にはできた。それきり妖狐は私のもとに姿を見せていない」

「敵対する同族の住処を潰した相手に接触しているのを知られると、周りに疑いを抱かれるかもしれませんからね。それ以前の接触でも気を遣っていたかもしれません」

そのあたりは実際の犯罪と同じだろう。岩永とすればその妖狐はなかなかに危険な取引をしていると思われる。

「こういう取引は共犯関係を疑われるのを一番避けねばならない。私の方は警察も周囲の者もまさか化け物に殺人を依頼するとは考えないから安全だが、妖狐の方は今少し気を遣わねばならないだろう」

妖狐や化け物について知識や経験がある岩永からすると、人間と取引して同族を害するといった方法を想像できる怪異がそれほどいるとは思われないが、人間が化け物に殺人を依頼すると想像する警察官よりはまだ多いだろう。剛一、妖狐のどちらにしても完全犯罪となったわけだが。

「その後、音無グループは拡大路線よりも身の丈《たけ》にあった経営を目指し、部門によっては縮小や売却も行った。まだ景気も良かったから反対意見はもちろんあった。私が暫定的に社長になるのにも一悶着《ひともんちゃく》あった。だけど多くが限界に気づいていたため、案外スムーズにいったよ」

岩永が生まれる前の話である。妖怪達も相談相手に困っていた頃になるだろうか。

「やがて国レベルで経済状況が急激に悪くなり、拡大路線にあった他の企業が軒並み打撃を受けたのもあって、早いうちに対応していた私が正しいと証明される環境にもなった。もしあのまま澄さんに従っていれば、グループは背骨が砕《くだ》けるほどの痛手を受けていたのは確実だった」

「奥様に支配されていた子どもさん達はどうされました？」

「私はそれぞれ思う人生を選ぶといいと言った。それで長男はグループとは無関係に料理人になり、今では自身の店を構えている。長女はその時の恋人と結婚し、その彼が手がけている事業も成功し、今も幸せにやっている。次男はグループの経営に関わり、常務取締役《じょうむとりしまりやく》となっている。それ以上の地位になれるかはわからないが、申し分のない結果だ」

拡大路線を転換していなければグループが致命傷を受けていたという証明が時代によっ

てなされ、母親の望みとは違うそれぞれの人生を選んだ子ども達は二十三年後、それぞれ幸せになっている。

岩永は少し感心した。

「つまり奥様が亡くなられたことで、本当に全てうまくいったわけですか」

別に殺人によって幸せになっていけないと堅苦しい理屈は言わないが、目の前に成功例を見るのは珍しい経験だ。

そんな岩永の心の動きを感じたのか、剛一は苦笑して認める。

「そうだ。殺人という禁忌を犯して選んだ道が全てをうまくいかせた。驚くほどうまくいったんだよ」

「それは重畳《ちょうじょう》です。お祝いにシフォンケーキを注文してもいいですか?」

グラスの中の氷も消えて来た頃合いである。ストローを回してもカラリといった音ひとつしない。

「もう少し私の話を聞きたまえ。重畳ではないんだ。何かひとつでも、あの時澄さんが亡くなっていなければ良かったのに、と多くの者が思う出来事があれば問題はなかった。そうであれば、殺人とは選択すべき方法ではないという戒めも得られた。選択すれば相応の報いがあると実感できた」

剛一は座り直し、その目に刃を宿すごとき面持ちで岩永を見下ろした。

「私が健康上の理由から、グループの経営を退いているのは知っているね。実は悪性の腫瘍《しゅよう》がいくつも全身に転移していて、余命は一年との診断が出ている。半年もすれば歩行も困難になり、激痛に苛《さいな》まれてひどい末期になるだろうと言われているよ。なかなか現代の医学でも避けられないものはあるらしい。これはまだ家族にも伏せている。琴子さんもしばらくは内密にして欲しい」

一線から退いているので周囲に知られても音無グループの株価にそう影響しないだろうが、できればそんな物騒《ぶっそう》さをはらんだ情報は教えないでもらいたい。

岩永も真面目な表情になって剛一を見上げ、続く言葉を待つ。

「さておき、この体の状態を聞いた時、実は安堵したんだ。ようやく私に殺人の報いが訪れるのかと。直接手を下していなくとも、明確な殺意をもって妻を殺す依頼をした。これは一片の曇りない殺人だ。しかるべき罰があるべきだ。でなければ秩序に反している。私は最期、痛みを緩和する治療も尊厳死も拒否し、その苦しみに身を委《ゆだ》ねるつもりだ」

根本的に音無剛一という人は善良なのだろう。善良ゆえにグループの危機、子ども達の苦境を無視できず、追い詰められ、不意に現れた妖狐という理外の力にすがってしまった。

だからうまくいったと心から喜べない。間違った方法を選んだ意識から逃れられないのだろう。岩永としては同意すべき点もいくつかある。

「秩序に反しているのは認めましょう。それで私に何を期待しています？」

人は怪異に自ら望んで関わるべきでない。怪異も同様に人の世に影響を与え過ぎるべきではない。それは両者の秩序を壊し、渾沌《こんとん》を呼ぶ。両者ともに住みがたい世をもたらしもする。岩永は知恵の神として、それを守る役目を負っている。

岩永の雰囲気が冷たく鋭利なものに変わったせいか、剛一はわずかに身を動かし、それから話し出した。

「心配なのは子ども達だ。子ども達はいわば母親の死でうまくいった。この成功体験は危うい。もし将来、同じように誰かの死でうまくいきそうな状況が訪れた時、そこで殺人という選択肢が最初に頭に浮かぶかもしれない」

「かもしれませんね」

「だから子ども達に、私が澄さんを殺したと教えなければならない。その報いで私の死に様はこうなるのだとはっきり見せなければならないんだよ」

剛一の死に様と殺人に明確な因果関係があるかは不明であるが、殺人を犯した者の死に様が過酷なものであれば、因果応報は感じられる。ひとつの戒めにはなるであろうし、教訓にもなるだろう。

「しかし私は妖狐の力を借りて澄さんを殺した。そのため私には強固なアリバイがある。犯行は不可能だ。また妖狐の力を借りたと真実を語っても子ども達は信じないだろうし、人を雇って殺させた、と言っても同じだろう。実行犯が妖狐であるがゆえに、私は自身の犯罪を証明できない」

「妖怪が真実でも、まともな人は受け入れないでしょうし、人を雇って、というのもなかなか信じてもらえないでしょうね」

岩永もこの対話の当初に人を雇うのは簡単ではないと否定している。

「よって子ども達に、どうにかして私が澄さんを殺したと信じさせなければならない。私に不可能な犯行が、実は可能だったと。それをきみに協力してもらいたい」

岩永もここに来てようやく求められている役割が見えて来た。

「たとえその殺害方法が嘘であったとしてもですか?」

「狐と殺人の取引をしたという方がよほど嘘に聞こえないかね?」

もっともである。これは落語ではないのだから。

剛一は岩永が頼みを受けてくれそうなのに安心してか、いくらか表情を柔らかくした。

「また子ども達は誰が母親を殺したか知る権利があるだろう。知らないままでいるのは、心に棘《とげ》が刺さったままになるようなもの。それも解消したいのだよ」

「確かに事件は未解決となっていますからね、どこか気にかかっているでしょう」

岩永はこれにも同意しておいた。あくまで剛一は良識をもとに行動している。それだけに岩永は反論しづらくもある。

剛一は満足げに口許をほころばせる。

「子ども達に私の犯行をどう信じさせるか、詳しい段取りは考えてあるし、きみの役割も決めてある。ああ、その話の前に追加の注文をしようか。シフォンケーキでいいかな？」

「チーズケーキと抹茶ロールも一緒に」

ここからはいっそう込み入った内容になりそうだ。頭を十分働かせるのに糖分を補充しておきたい。

剛一はどこが気に入ったのか、肩を揺らして笑った。

「岩永の御令嬢が噂になるわけだ。もっと早く面識を得ておくべきだったよ」

迷惑な話であるのは変わりなく、剛一の予定する段取りとは別に、岩永も独自に動く必要があるだろう。差し当たり、取引を持ちかけた妖狐を見つけ出し、話の裏を取らねばならない。剛一が作り話をしているとは思えないが、確認できるなら疎《おろそ》かにすべきではない。

大学はせっかくの夏休みだというのに、まったくもって面倒になったと岩永はテーブルに近づいて来た店員を見遣った。

「といった話が二十日《はつか》ばかり前にあったんですが」

八月の終わり、まだ暑さも盛《さか》んな中、岩永は恋人である桜川九郎のアパートの部屋を昼を過ぎてから訪れ、そこで剛一に持ちかけられた頼みについて初めて語った。

今日は夕方から映画を観に行き、外食する予定であったが、九郎にもこの件に関わってもらうべく、早めに部屋へやって来て事情を話すことにしたのである。

途中まで話したところで、正座をして洗濯物を畳んでいた九郎がいたわるように返した。

「またややこしい案件に巻き込まれたものだな」

「ええ。ここから会長さんの描いた段取りがまたややこしくなるんですが」

「大変だろうががんばれ。せめてアルバイト先でもらった牛肉の大和煮《やまとに》の缶詰をやろう。生姜《しょうが》がよくきいてうまいぞ」

言いながら、無造作に置かれていたレジ袋から一部がへこんで棚に並べられなくなったのであろう缶詰をひとつ出して岩永の前に置く。いや、気遣いの方向が間違っている。果物の缶詰ならまだしも大和煮を女子へのねぎらいに出すものか。賞味期限も切れているではないか。

「なぜ他人事のように言う。九郎先輩にも手伝ってもらうに決まっているでしょう！」

手にした缶詰を投げて頭にぶつけてやったが、九郎は当然何事もなかった顔で、転がった缶詰を手に不審げにする。

「話があったのは二十日も前だろう。僕が必要ないから黙ってたんじゃないのか?」

「補足的な調査やら何やらで対応を決めるまでは話しづらかったんですよ」

妖怪やあやかしに事を訊くのに九郎がいた方が話が早い場合もあるが、相手が九郎に怯えて逃げたり縮こまったり、滞る場合もある。そのため今回はしばらくひとりで動いていたのだ。

「それで、会長さんと取引した妖狐は見つかったのか?」

九郎は岩永がどう動いたかよくわかっている。

「ええ、取引で開発された土地に住んでいた妖狐と敵対していたもの、という条件に当てはまるのが一匹しかいなかったので割合早く。同族の顔見知りに事情を話して連れて来るよう求めたら、すぐ縛り上げられた妖狐が差し出されました。吹雪《ふぶき》という名でしたよ」

夜中、おさがしのやつめを捕らえました、と伝令が訪れ、すぐとある山中に赴くと、十匹ばかりの同族に囲まれ、時代劇で白洲に引き立てられた罪人のごとく縄で縛られ跪《ひざまず》かされた狐がいた。岩永にすれば当時の事情が訊きたかっただけで、そこまで手荒な扱いは指示していなかったが、そうされるのもやむなしか、との納得はあった。

「やっぱり同族の中でも、そいつの行為は筋が悪いものだったのか?」

缶詰を手の中で転がしながら九郎が問う。

「同族内の争いはよくありますが、人間を利用して山や森を破壊させる、という今回の方法は目に余る暴挙とされたようです。ただでさえ狐や狸《たぬき》が住みやすい場所が減っているのに、それを壊させるとは言語道断と」

取引のせいで追われた妖狐は一匹ではなく、そのもの達は新たな住処を見つけるのに苦労したという。つまり吹雪は複数の妖狐から恨みを買ってしかるべき行いをしたわけである。縛り上げられもしよう。

「妖狐の吹雪が音無会長に取引を持ちかけたのは事実でしたし、経緯にもおおむね間違いはありませんでした。吹雪は『人間の方から明るみに出るとは』と悔しがっていましたよ。怪異と人間はまず親しく話しませんし、音無会長も後ろ暗い取引をしたわけですから、口止めせずとも露見しない、と安心していたのでしょう」

ここにいたっては吹雪も観念してあらいざらい語った。

「吹雪は狡猾でしたが、結果的に音無会長の善良さに足を取られたわけです」

「社交界にあるお前の悪い噂の方が致命傷だったんじゃないか？　それがなければ会長さんもお前に話を持ちかけなかったろうし」

恋人である九郎が岩永を諸悪の根源みたいに言う。

「きっと私の可憐さを妬んだ連中が根も葉もない風聞を流しているのでしょう」

「根も葉もあるだろう」

確かに剛一は岩永が噂に違わないと言ってはいたが。

この話題は不利なのでさっさと区切りをつける。

「ともかく、いくつか齟齬《そご》はありましたが、音無会長の話の裏は取れました」

とはいえ剛一にあなたが取引した妖狐を見つけました、とは報告しない。社会的には岩永より剛一やその親族の方が力を持っている。仮に自分が今回の頼みを外部にもらしても信用されず、逆に白い目で見られ、父母も往生するだろう。もともとが不埒《ふらち》で非現実的な話なのだから。そこまで考えて剛一は岩永に真実を語ったろう。そういう状況で手の内全てを見せる必要はない。

「それで、妖狐の吹雪は今後どういう扱いになるんだ？」

同族にひどく罰せられそうなのが気になるらしい九郎に、岩永は肩をすくめた。

「さて、妖狐が人を騙すのも利用するのも自然ですし、すぐには秩序に反するものではありません。妖狐が人を不幸にしたとしても、そうすぐ私が咎めるものではないんです。逆に人が化け物を害したとしても、ただちに私が対処するものでもありません」

「そうだな。人の世の法を化け物に当てはめるのも勝手だろうし、逆に化け物のルールで人を裁くよう強制するのも乱暴だ」

九郎は釈然としない顔ながら、岩永の論理に反対はしない。

「同族内での争いも、それだけでは私が裁定する立場にありません。処分は同族内で決めるのが順当です。それに当たって相談されれば何らかの判断は下しますが、妖狐達は『後は我らで決めますゆえ』と吹雪を引っ立てていきました」

吹雪が岩永の聴取に素直に応じたのに免じ、罪一等減じてやるように、と添えておきはした。それくらいの酌量《しゃくりょう》がないと今後似たケースが起こった際、岩永の聴取に協力しないあやかしが出るかもしれない。だから吹雪も命までは取られないだろう。死罪にされた方がまし、といった扱いをされるかもしれないが、それは吹雪の心掛け次第だ。

「では怪異の力によって利益を得た音無会長に対して、お前はどう応じるんだ？　そこにお前が正すべき秩序の歪みはあるか？」

岩永は頭をかいた。バランスの問題ではある。杓子定規《しゃくしじょうぎ》に全てをより分けるのもまた不自然だ。ホテルの部屋に居着いた霊やあやかしが宿泊客や従業員を困らせるのにしてもすぐ様秩序に反するわけではなく、岩永もお祓《はら》いまがいの行動を強いてする必要は感じない。

ただ放置すると人間側があやかしに対して強硬な態度や対応に出て、あやかし側が苦しい立場に追い込まれたりもし、トラブルが大きくならないうちに双方に損がない処置をする、というのが岩永の立ち位置だ。

「妖怪の助力で商売がうまくいく、好きな相手と結ばれる、くらいなら微笑ましい話なんですが、ことは殺人です。それも社会的に影響力のある人物が意図的に行いました。それを大したことはないと看過するのは良くありません」

岩永は言葉を選びつつ九郎に答えた。

「確かにそれを構わないとすれば、権力のある立場の者が怪異の力を借りて人の実社会を動かす、という状況を良しとしかねないか」

九郎はその危険性を感じてか声を潜めた。過去にさかのぼれば妖異《ようい》の存在を認め、権力中枢にそれに対する役職を置いていた時代もあったが、現在は違う。法がそんな超常の存在を前提に作られていない。

「今のところ音無会長は私以外にこれを話していませんし、自身の行いを正しいとも考えておられません。子どもさん達にも戒めを与えようとされています。けれど後々、気が変わって、困った時は怪異に頼るのも構わない、そうすればうまくいく、という教訓を伝えられるかもしれません。それを受けて子どもさん達が今後、怪異の力を意識的に借りようとする事態が起こるのは防がねばなりません」

剛一も言っていた。成功体験というのは癖《くせ》になるのだ。

「また怪異側から、人間がためらいなく頼って来る、利用できるとして積極的に近づいていくのを認めるのも正しくありません。妖狐の吹雪もそれで仲間に裁かれるわけですし、人の側も同じくらいの代償が必要でしょう。それが秩序というものです」

剛一が自分の手で妻の澄を殺していたなら岩永はそれに口出しをする気はなかったし、吹雪が取引など行わず澄を殺したり、敵対する同族を住処から追い払っていれば、何ら逸脱はなかった。岩永が敢えて秩序の鎌《かま》を振るう必要のない行いだった。

九郎は少し首をかしげた。

「音無会長は悪性の腫瘍で余命が短いとわかった。一応代償を払っていないか？」

「若くして病《やまい》に倒れたなら代償ですが、八十一歳ですよ。長生きと言えるでしょう。最期もどれほど苦しむやら。その年齢なら腫瘍以外の原因で早く、楽に息を引き取る可能性もあります。それを周りが見れば、会長さんの選択は正しかったとなりますし、会長さんも自分が正しかったのかもしれないと思いながら逝かれるでしょう。私がいくらか手を入れないと辻褄が合いません」

転移して余命が見えたことが心に平穏をもたらしているなら代償とは言えないだろう。逆にそうなるまで心に平穏がなかったという見方もできるので、岩永としては剛一が芯から悪いとも思わない。剛一なりに秩序への畏怖《いふ》はあったと言えるだろう。

九郎が苦笑した。

「お前は厳しいな」

「これでも甘めの対応ですよ」

相手は日本有数の大グループの会長である。慎重な判断や行動を取っている。

「それに会長さん、自身の過去の行いを正すのに、私に頼るという選択を取るのがまた秩序の意味では危ういんですが」

岩永はそこが一番の問題だと感じていた。

「危うい？」

九郎が得心のいっていない反応をしたのに肯いて返す。

「まともな世で、いい大人が私をこうまで信用するのは普通ありえないでしょう。音無会長の中で、困った時は通常の理から外れたものに頼るのを良しとしている証拠です」

「ああ、理外の理をよほど信頼していないとお前には関わらないか」

人の法では裁けず、表沙汰《おもてざた》になっても信用されない内容であっても、過去の殺人を外見が中学生くらいの、噂でしか知らない小娘に告白するのだから、豪胆《ごうたん》だけでは説明できない。

「会長さん自身が妖《あや》しい力で勝ち得た過去の成功体験にしっかり縛られているわけです。その過去を妖しい力で正すというのは、平仄《ひょうそく》が合わなくもないんですが」

考えているだけで肩の凝《こ》る話だ。九郎にも手伝ってもらわないとやっていられない。

「よって私が役目を果たさないといけない案件なわけですよ」

九郎は岩永の責務を慮《おもんぱか》ってか手伝うのを拒絶する態度は見せず、今後のスケジュールを思い出す目をしながら訊いて来た。

「それで、具体的な段取りはどうなってるんだ？　音無会長に計画があるみたいだが」

剛一はあの面会前にはあらかたの準備を終えており、後は岩永が役目を受けるだけ、といった具合だった。剛一にとって岩永は計画の部品のひとつであり、主導権は自身にあるとしている。岩永が依頼を断ると考えていなかったというか、そんな素振りをすればあくまで礼儀正しく、断れない雰囲気と空間を作っていったろう。

全て丸投げしてもらった方が岩永もやりやすいのだが、この段階での駆け引きではどうしたって剛一には勝てない。

「私が会長さんを犯人とする偽の解決をでっち上げて披露する、という形になるかと思ったんですが、そう単純ではなく」

剛一も岩永がそういう手段に精通しているとは知らないだろうから、そこまで任せてこないのもやむを得ない。

「『人から私を犯人とする説明を押しつけられても心からは納得しづらい。だから自分達で考えさせ、その過程で私に対する疑いを生ませ、増幅させる。その上で筋の通った説明が出れば私が犯人と確信するだろう』という意図のもと、子どもさん達に『私は二十三年前、妻の澄さんを殺した。それが真実であると説明せよ』という課題を出したそうです。その課題に最もうまく応じた者に、会長さんの遺産を相続するにあたって優先権を与えると」

「病気がなくとも高齢だから相続は問題になるだろうが、優先権とは」

九郎があきれた声を出す。岩永も聞かされた時、有効ではあるがこれはこれで親族の間に余計な波を起こすじゃあないか、と頭痛を覚えた。

「さすがに優秀者ひとりに遺産全てを譲る、とまではいきませんが、法律の範囲内で何が欲しいか、その分配を希望通りにできる権利を優先して与えるというわけです。何をどう相続するかで得られる利益も変わるでしょうし、欲しいものが他の相続人に奪われる可能性もあります。普通はこの課題を無視はできないでしょう」

そういう利害が絡めば過去の事件に関して剛一の疑わしい言動を意識的に思い出そうともするだろうし、そういうフィルターを通せば事件といっさい無関係の言動まで疑わしく見えて来る。剛一の子ども達はより父親を犯人と信じやすい心理へと向かうだろう。

「そして私に誰の説明が優れているかを判定し、順位をつけよ、というわけです」

剛一の策は目的に則しているが、そこで岩永が託された役割は一番風当たりが強そうだ。事実上、岩永が遺産の分配方法を決定すると言っていいのだ。

九郎もその役割の多難さはすぐ想像できたようだ。

「厄介だな。遺産相続に絡んで課題を出すとか、ミステリだと殺人事件を引き起こす設定だろう。その判定役となれば恨みも買いそうだ。お前を懐柔して有利な判定を出させようという人物も現れるんじゃないか?」

「私の身辺調査に動いている人もいるでしょう。その役の他に、子どもさん達が適切な説明が出せるよう助言やチェックする役目まで期待されています。提示された説明に明らかな矛盾や間違いがないか見てくれと。それによって精度の高い説明が出されるだろうという目論見で」

岩永があやかし達の知恵の神でなければ全力でこの役目の断り方を考えていた。現実には知恵の神なのでそうもいかない。

「適切で精度の高い説明も何も、真実は妖狐に殺させた、というものだろう」

その説明自体が矛盾や間違いがある、と言われそうなものだ。

「だから適切な嘘の説明です。会長さんは子どもさん達がそれぞれ何らかの解答を出せるとその能力を高く見られていますが、どうでしょうね」

「会長さんにはアリバイがあるというし、そう簡単には父親を犯人とする解決は浮かばないだろう」

九郎も岩永のそばでいくつか事件に関わり、既存の情報や理屈に基づいて答えを構成するのが楽ではないと知っているだろう。

岩永はため息をつく。

「おそらく私があらかじめ用意した『適切な偽の解決』に導く作業が必要になりますね。手間ばかり増えますよ」

「最終的に僕の件の能力で、子どもさん達が会長さんを犯人とする未来を決定すれば目的は確実に達成できるだろうが、決定できる程度に信じられる解決は必要だからな」

九郎は人魚とともに件という未来を予知する化け物を食べた影響で、起こる可能性が高い未来ならばそれが必ず起こるように決定できる能力を持っている。到底起こりえない事象を起こりそうにない状況で起こすことはできないが、稀にしか起こりそうにない事象でも、起こるだけの条件を前もって意図的に揃えさえすれば、確実に起こすことができる。

使い方次第では競馬で万馬券を確実に引き当てられるし、人の行動や思考を狙った方向に誘導するのも不可能ではない。この事案で言うなら、剛一の子ども達が信じられそうな解決を用意し、それを信じられそうな状況さえ整えれば、皆がそれを確実に信じる未来を九郎が決定できる。

ただそれだけ状況が整えば何もせずともその未来になりそうであり、九郎の能力はあくまで起こりそうなことが起こる確率を十割にするだけとも言える。とはいえ望んだ事象を必ず起こせるなら大きな賭けや勝負ができ、心理的にも強く出られる。失敗する可能性が一割しかなくとも、その失敗が致命的な結果を招くとなれば、九割の成功率の勝負にも躊躇は出るだろう。使い勝手が良いとも悪いとも言える能力ではある。

今回、九郎のその能力に頼る局面になると岩永は考えていないが、その覚悟をしてもらえると安心だ。少なくともその場にいてくれる気はあると思える。それくらいのことに別途の根拠がなければ安心できない恋人とは何なのだ、という不安は生じるが。

九郎がふと疑問に思った、という風に眉を寄せた。

「その段取りなら、判定役はお前でなくてもいいんじゃないか？　会長さん本人がやってもいい。親族内で殺人がどうだという話をするんだ、部外者を入れる方が警戒させ、解答を出しにくくさせないか？」

「私もそう質したんですが、『部外者がいれば子ども達もこれが親族内のレクリエーションでないと思わざるをえないだろう。また怪異を信じるきみは、私が澄さんを殺したと信じている。そんな第三者の存在は、私が犯人であるという前提をいっそう子ども達に真実と感じさせるだろう』と答えられました」

つまりここでも岩永が依頼を断る道は封じられていたわけだ。よく考えている。

九郎も腕を組んで天井を見た。

「本人以外に音無会長を犯人と確信する人物がいれば、その雰囲気だけで前提の信憑性《しんぴょうせい》が違って感じられるか」

「私をどこまでもいいように利用する気なんですよ」

いくら善良で好人物の剛一でも、その程度の機略がなければ今の地位はなかったろう。

九郎に事情を語り終えたので、岩永は具体的な日程の話に移る。

「今度の週末、九月三日の土曜日の正午に代表者をホテルに集め、課題への解答を求めるそうです。ただし最終的な解答を聞くのは翌日曜日の正午から。それまでに集まった者で議論や情報交換をさせ、それぞれが考えた解答の修正を行う時間も与える、という段取りです。まったく新しい解答に変えてもいい、私に暫定的に解答を提示し、意見を求めてもいいとしています」

関係者を一堂に集めるのも遺産相続を巡る物語では定型である。まさに不穏な何かが起これ、といった舞台設定だ。剛一はそれを起こして欲しがっている。自分が妻を殺した犯人だと迎えられる穏当でない結果を望んでいる。

「それぞれ話し合ったり牽制《けんせい》したりさせ、お前の考えまで入れて解答を説得力のあるものにし、皆が会長さんを犯人と信じる状況を作ろうというわけか」

九郎もその意図を正しく把握していた。

「ええ、会長さんを犯人としたがっている心理の者を一ヵ所に集め、一昼夜も話し合わせれば、いっそう思考は会長さんが犯人であるというものに誘導されるでしょう」

最悪、適切で説得力のある解答が出ずに散会したとしても、剛一が澄を殺した、という疑念が強く残る会合になるだろう。

九郎が顔をしかめる。

「嫌な集まりになりそうだな」

「九郎先輩もその集まりに参加するんですよ」

岩永にしてもその場に二日間もひとりでいるのは退屈なばかりだ。ホテルの良い部屋を取ってもらって二人でくつろぐくらいの余禄は欲しい。

九郎が壁にかけてあるカレンダーの前にこれみよがしに立った。

「今度の週末か。アルバイトが入っているな」

「だから今から断れ。その嫌な集まりの中に私ひとり送ろうというんですか」

そうは言っても九郎が乗り気になれないのもわかる。仕方ないので岩永は、九郎がやる気を出せそうな材料を出す。

「私も少しは申し訳なく思いますよ？　なので今日は先輩のため、色っぽい下着をつけて来てあげました。なんとペイズリー柄ですよ。まあ見てください」

どれくらい色っぽいかその目にちゃんと示してやるべく立ち上がってスカートをたくし上げかけたら、敢然と止められる。

「やめなさい。お前にそもそも色気はない。ゼロに何をかけてもゼロだ。あとその柄の時点で色気を感じないから」

ペイズリー柄のどこが悪いのか。果物の断面をモチーフにしているとも言われるあたり淫靡《いんび》じゃあないか。

九郎は岩永を座り直させ、自分もその前に足を折って大きく肩を落とす。

「土日は善処するよ。妖怪や化け物のトラブルより、人間相手の方が疲れそうだ」

同感であった。競走馬も丸呑みできそうな大蛇と夜の山中に向かい合う方がよほど気楽だ。

とはいえこの件をしかるべく終わらせる算段は岩永の中ですでにできている。ただ一点だけ、引っかからなくもなかった。

剛一が岩永を、初対面の段階で信用し過ぎだったのではないか、という点だ。成功体験から剛一が怪異に対して信頼しやすい心理を持っていたとしても、岩永については噂話くらいしか情報はなかったはず。岩永から通常でない気配を感じたとしても、あそこまで確信的な態度を取れるものかどうか。それに桜川九郎という恋人を同伴してもいいか、と申し出たのも、二つ返事で了承された。

もしや剛一ほどに社会経験が豊富であり、大企業を守って幾多の苦難も乗り切って来た人物となれば、岩永のような者は、気配どころか明らかに人間と違うものがその目に映るのだろうか。だとすれば、剛一は九郎がどう見えるだろう。あまりに驚いて狼狽《うろた》えられたら、岩永も気を悪くしてその場で帰りたくなるかもしれない。

そこはその時に判断するしかないだろう。ともかく今は、まだ畳んだ洗濯物の収納までを終えていない九郎が、これから映画に出かける約束を忘れていないかの心配をしないといけなそうであった。

九月三日、土曜日。正午過ぎ。岩永琴子は九郎とともに、高級ホテルのスイートルームのリビングスペースにいた。岩永と九郎だけではない、剛一と今日のために集められた三名の関係者もいた。剛一の課題のため、この日、この部屋が用意されたのである。

ホテルは音無グループ最大のもので、時に要人の宿泊や会議にも使用されている。そのスイートルームのリビングスペースであるから、小さなものではない。いくつかのソファや椅子、テーブルが配置され、ちょっとしたパーティが開けるくらいの広さが取られ、奥にはキッチンとバーカウンターまで用意されている。少人数が集まって、くつろぎつつも内密な会談をするのに適した空間であろう。

岩永と九郎はこの部屋に泊まっているわけではない。ここは剛一の課題について話し合い、検証し合い、解答を提示するための場所で、課題に参加する者はホテル内に宿泊のための部屋を別に取ってあり、必要とあればこのスイートルームに集まって課題に対するよう指示されている。期間中、ずっとここにいても構わないし、ホテルの外に出ても構わず、また部屋に引きこもっていてもいい。

要は関係者が周囲の目を気にせず、過去の殺人について話し、剛一を犯人と言える空間としてこのスイートルームが取られたのだ。

岩永は課題の期間中、基本的にこの部屋に詰め、参加者の質問や解答を受けるよう言われているが、別のフロアに九郎と一緒の部屋を取ってもらっており、そちらで休むこともできる。

それらの準備を剛一はぬかりなく行っており、岩永と九郎がホテルに来た時にはチェックインの手続きもなく、ホテルマンにスイートルームと宿泊用の部屋のカードキーを渡され、フロアへ案内された。ホテルマンも詳しい事情を話されていないだろうから、きっと岩永の姿に不審を覚えたろう。

かくて正午になり、岩永は奥にある帽子かけにベレー帽をかけ、赤色のステッキを手にスイートルームの椅子に浅く座り、その後ろに執事か秘書かといった姿勢で九郎を立たせている。九郎はホテルに来る時はいつものぱっとしない大学生の見本みたいな格好であったが、場所が場所であり、集まる者も集まる者だけに黒いスーツに着替え、ネクタイまで締めていた。長身とあってなかなか似合っているな、と岩永は感心したものだ。

そして岩永の近くの椅子についている剛一が、課題参加者である三名の男女に上機嫌で語りかけていた。

「あらかじめ求めた通り、皆には私が音無澄さんを殺害したとする合理的な説明を提示してもらいたい。最も優れた解答をした者に私の遺産相続について優先権を与える。解答の評価はここにいる岩永琴子さんが行う」

三名の男女はテーブルの向こうでそれぞれ黙って、落ち着かないような、苛立ったような、苦笑するような表情で座っている。

「最終的な解答は明日、正午にここで、私がいる場で聞く。それまでに琴子さんに何度解答を提示してもらっても構わず、解答を変更、修正してもらってもいい。明日の最終的な解答で結果を決めてもらう。琴子さんは期間中、出された解答や質問に適切な指摘やアドバイスをしてくれるだろう」

三名の男女が岩永の方へわずかに視線を動かしたので微笑んで目礼を返したが、三名とも若干当惑したように身じろぎした。岩永がしなやかに応じてみせたのが意外といった反応だ。

剛一は自身が殺人犯と吊《つ》るし上げられるのが楽しみで仕方ないといった様子で続けている。

「本来なら相続権を持つ子ども達に直接課題に答えてもらうのが一番だったが、これはこれで代表者として申し分はないだろう。真実を言い当てるのに適した者が来てくれたには違いない。前もって琴子さんには伝えておいたが、あらためて紹介しよう」

岩永は剛一の声に合わせ、三名それぞれを真《ま》っ直《す》ぐに見た。

「正面に座っているのが次男の晋《しん》。その右が長女である薫子《かおるこ》の夫の藤沼耕也君。左が長男、亮馬《りょうま》の娘で私の孫である莉音《りおん》だ」

剛一は亮馬、薫子、晋の子ども達三人に参加を求めたが、直接来たのは晋だけで、長男と長女は代理となった。

晋は五十歳で音無グループの常務取締役。この中では剛一の次に社会的地位が高く、社交界では名も広く知られているだろう。恰幅《かっぷく》が良く、押し出しが強そうで、座っているだけでも大企業で要職を務めていると感じさせられる雰囲気だった。

晋はこの部屋に来た時から苛立ちを隠し切れないといった渋面で、岩永の姿がいっそうそれに拍車をかけていそうだった。

長女薫子の夫である耕也は剛一と血縁はなくとも、関係上遺産の恩恵を大きく受ける立場であり、代理でもこの場に誠実に臨むと判断されていた。剛一が澄を殺したと耕也が確信すれば、薫子もそう信じるだろうと。また剛一によると『薫子より耕也君の方が頭も切れるし胆力もある。彼の方が課題に最良の答えを出せるだろうから、もとより彼が来ると思っていたよ』とのことだった。

耕也は五十六歳、しかし年齢よりずっと若々しく見え、何事にも自信を感じさせる佇《たたず》まいの男性だった。ブランドものの明るい色のスーツを当たり前に着こなし、スイートルームにいても場違いな雰囲気がない。全国展開している中古車販売会社の社長で、業績も安定しているという。岩永を見る目にも驚きや戸惑いはあったが、予想外といった動揺はなかった。

長男の亮馬の娘の莉音はというと剛一の孫に当たるのだから、やはり遺産の恩恵を受ける。二十一歳で現在国立大学の学生と岩永は聞いていた。この集まりの中では岩永に次いで若く、男性陣と違って高級ホテルに来るからと堅苦しい格好はせず、普段着であろうジーンズにシャツといった姿でソファについている。こういった空間に慣れていない様子だが萎縮《いしゅく》はしておらず、意志を持って臨もうとしているようだ。

顔立ちは美人の部類に入り、身長は女性として平均的な高さだろうか。恵まれた容姿だと言える。剛一は『亮馬は料理が一番のやつだからな、自分の店を休みにしてまでやっては来ないよ。莉音にとって祖母の殺害は生まれる前のことだ。それだからこそ先入観なく事件を見られ、皆に違った視点を与えられるだろう』と彼女の参加も了承していた。

三者三様、冗談や遊興気分の者はいないとわかる。それぞれに何らかの最善の結果を得るため、神経を研ぎ澄まそうとしているようだ。

岩永はすでに向かうべき結果は描けている。皆、なるべく手間をかけずにそこに従ってくれないものか。

そこで晋が、岩永を無視して剛一だけを見据え、固い声を出した。

「父さん、いくら尋ねてもまるで答えてくれなかったから忙しい中ここまで来たし、おとなしく座っているが、いったい何が目的なんだ?」

父親の余命を知っていればまだ違った態度であったかもしれないが、実の息子からするとこれはどういう茶番かと訴えたい気持ちは岩永もわかる。

剛一は軽く笑った。

「言ってある通りだ。お前達に誰が母親を殺したか、真実を知ってもらい、その罪の報いはきちんと受けるものだと見せたいだけだ」

「父さんに母さんを殺せたわけがないし、たとえそうだとしても今さらそれを裁く意味がどこにある？」

「意味はお前達が真実にいたった時にはっきりと見えるだろう」

悠然と応じる剛一に対し、晋はあまりに不利である。

ここで晋は岩永を指した。

「ならこの人形みたいなお嬢さんを判定役にする理由はなんだ？　部外者にもほどがあるし、父さんが母さんを殺したなら、いっそういてはいけないだろう」

「琴子さんが最も真実を評価できる人物なのだよ」

根拠は一切示さず、声音も穏やかだが剛一には説得力がある。やはり大企業のトップは格が違うな、と岩永は感心するしかない。

そこで剛一が岩永を促す。岩永はステッキを手に椅子から立ち上がり、三名に向かって一礼して口を開いた。

「ご挨拶が遅くなりました、岩永琴子と申します。後ろに控えているのが桜川九郎。何分私は右眼が義眼、左足が義足であるため、万一の時の介添えとして桜川が同席する許可をいただいております」

この時点で九郎を恋人と紹介すると浮ついた印象になるのでそう述べるにとどめる。それもあって九郎は椅子やソファにつかず、岩永の後ろに従者風に立っている。

「私も桜川もここで見聞きした内容は一切口外いたしませんし、明日、ホテルを出た時点で全て忘却させていただく所存です。この二日、ご安心の上話し合われ、ご解答をお寄せください」

三者の反応は気にせず、岩永は恬淡《てんたん》と語る。

「私は音無会長の望まれるまま、真実と秩序に鑑みて公正に皆様の解答を評価させていただきます」

最後にまた頭を下げ、椅子に座る。三者はこの口上にどう応じるか各々をうかがう素振りをするが、すかさず剛一が立ち上がった。

「そういう次第だ。明日の解答を楽しみにしている。ではもう一度言っておこうか。二十三年前、私は澄さんを殺した。私が犯人だ。その真実をつまびらかにして欲しい」

そう言って剛一はスイートルームから充足した足取りで立ち去っていった。年齢的にも外見的にも健康的にも剛一の方が岩永より介添えが必要なはずだったが、そんな危惧は一切感じさせない。周囲に病状を悟らせないはずである。

長年の望み、自身の計画がいよいよ完成に近づいているのが高揚感《こうようかん》をもたらし、老いも病も超越してしまっているのかもしれない。

さて、いよいよ本番だ。岩永はステッキの握りの部分を撫で、三者を眺めた。

音無莉音はいったい自分はどういう企みに巻き込まれているのか、このスイートルームに通される前からずっと考えていたが、通されてからもその疑問を解く鍵さえ見つかっていない。いっそう疑問が深まったと言っていい。特に岩永琴子という娘が不可解過ぎた。

もとはと言えば先月の半ば頃、莉音にとっては祖父である剛一に呼び出された父の亮馬が帰って来るなり『父さんが妙な課題を出して来た。俺の代わりにお前がやってくれ』と押しつけて来たのが始まりだった。剛一が過去に殺人を犯し、それをどうやって行ったか解明しろといった課題を三人の子ども達に出して来たというのである。

解答の優秀な順に遺産相続の優先権を与えるとの褒賞まで用意されており、あの穏和そうな祖父がなぜそんな不和を招く課題を、と驚くより警戒心が先に立った。

莉音は剛一とは年に数度しか会わないくらいの関係性である。祖父が世界的なホテルグループの会長であり、父がその長男であっても、父が肝心のグループと関わっておらず、独立して小規模な和食の料理屋をやっているため、生まれも育ちも庶民であると自負していた。

父の店は一応料亭の格好を取っているが、ちょっと贅沢な和食もとれる店、というのがコンセプトであり、夜はしっかりしたコース料理を出しているが、昼は手頃な定食メニューや丼物《どんぶりもの》を充実させた経営をしている。学生やサラリーマンが気安く暖簾《のれん》をくぐれる、というのを意識しているとも聞いた。

とはいえ亮馬は一流の料亭で修業し、料理人としての腕はそれこそ音無グループのホテルに店を出せるくらいというが、本人はそういう材料からして高級なものを使った料理よりも日常的に気楽に食べて美味《お》しいと言ってもらえる料理が作りたい、と敢えて軽い雰囲気の店作りをしているという。その基準においては店の評価は高く、客も絶えない。

若い頃は大グループの長男として一流の生活をし、一流のものを食べ、グループを継ぐ経営者として特別な教育も受けさせられたというが、その反動でか洗練されたものを嫌い、職人の生き方に憧れたといった話を母から聞かされてもいる。

ひとつ何か違えば莉音も今頃は音無グループの御令嬢として豪邸に暮らしていたのか、と思うと憧れよりも窮屈そうだ、という意識が先行する。

さすがに親戚付き合いはあるので、冠婚葬祭で叔父や叔母とも顔を合わせるし、その子女とも挨拶をするが、私的な領域に踏み込んだことはない。門から邸《やしき》までどれだけあるんだ、という父の実家を訪れても、やはり別世界に思える。

だから祖父の遺産がどうと言われてもぴんと来ず、亮馬も同様らしかった。店は順調であるし、借金もなく、ほどほどのマンション住まいで生活に不満はない。むしろ億単位の遺産が入って来る方がトラブルを起こすと亮馬は冷ややかだった。母も同じだった。

莉音にすれば今後何があるかわからないからもらえるものはもらった方がいい、という考えがある一方で、今後管理が大変になりそうなものを相続させられても、という心配も浮かぶ。

だからこの祖父が出して来た課題には困惑するしかなく、祖母に当たる人が殺されたのも莉音が生まれる前だ。写真でしか姿を知らず、父も親類も祖母について話すのを聞いた記憶がない。殺人事件の被害者が身内にいるという実感がまるで湧かないのだ。亮馬は事件当時三十三歳で、警察から聴取もされたというので他人事や机上の事件とは思えないだろうが、莉音にとってはあまりに遠い出来事である。

その事件の犯人が祖父であると説明せよと求められても、わけがわからないとしか言えなかった。

ただし亮馬はこの課題を冗談や気まぐれとは捉えていないようだった。

『父さんのことだ、これには理由があるはず。今でこそ明らかにできる事実を俺達に気づかせようとしてるのか』

剛一は課題内容とともに当時の詳細な警察の捜査資料まで送って来ていた。悪ふざけの範疇《はんちゅう》に収まらないものだ。

『父親が母親を殺してたとなれば、父さんとしてはかなり衝撃的じゃない？　そんな冷静でいいの？』

課題の内容より意図の方にまず関心を向けるのが不審だった。祖父が祖母を殺していても驚きはない、それ以上の気掛かりがあるといった反応だったのだ。

しばらく亮馬は黙っていたが、思考を止めない目のままに答えた。

『当時、母さんが亡くなって全てがうまくいった。父さんが犯人でも恨む気持ちはない。当時父さんにはアリバイがあったから、犯人ではないはずだが』

そして考えがまとまらないからか苦々しげにした。

『罪に対して報いがあると見せたいと父さんは言っていた。少なくとも父さんは、二十三年前の事件について何か特別なことを知っているんだろう』

亮馬は莉音に捜査資料を押しつけ、きっぱりと言った。

『俺は事件の当事者のひとりだ。先入観もある。お前の方が真実を見抜けるかもしれない。遺産についても、お前に欲しいものがあるならそれを希望すればいい。お前なら欲しくないものを相続しないために優先権があった方がいいと考えるか』

亮馬は娘をよくわかっていた。莉音は他にいくつも質したかったが亮馬にその隙はなく、断る口実も与えなかった。

『それに晋はこういう時は人任せにしない。直接出て来るだろう。俺と口をきけばもめるだけだ。お前が出た方がいい』

亮馬は弟である晋と仲が悪いのだ。莉音は二人がまともに会話しているのを見た記憶がない。十代の頃からずっと反《そ》りが合わず、その関係が変わらず続いているというのだから根が深い。互いに直接の連絡先も知らないという。

莉音はというと、叔父の晋に悪い感情はない。親しいとまではいかないが、困ったことがあれば何でも相談しなさい、と電話番号とメールアドレスを教えてくれている。気遣いのできる人だ。その場を荒らさないためにも莉音が参加しないわけにはいかなかった。

そういう顛末《てんまつ》で莉音は指定された高級ホテルを訪れ、宿泊用の部屋に案内されてしばらく後、スイートルームへと導かれた。そこでこの不可解な課題の判定役として挙げられていた岩永琴子を目の当たりにしたのである。

剛一から渡された資料には現在二十歳で大学生、旧家のひとり娘といったプロフィールくらいしか情報がなく、亮馬も社交界から距離を置いているのでその方面の噂も知らなかった。わざわざ剛一が選んだのだからただの御令嬢ではないのだろう、くらいの知識で莉音は来たのだが、その存在は想像の外であった。

最初は等身大の少女人形が置いてあるのかと思ったほど、その娘は可憐で、端正で、体温を感じられなかった。目を向けると会釈し、微笑んだから人形でないとわかったが、莉音と一歳しか違わないとは信じられない幼い顔立ちと小ささである。その上で、岩永の振る舞いや声音は場馴《ばな》れした、あるいはここにいる誰も歯牙《しが》にもかけないといった、強者の余裕めいたものがあった。

聞けば一方ずつが義眼と義足で、介添えの青年まで連れている。青年は長身で姿勢もいいが印象に残らない容姿で、岩永の後ろではいっそう存在が霞《かす》んでしまう。しかしその方がいざという時、誰の注意も引かず素早く動けるのかもしれない。

これは侮ってはいけない、外見に惑わされてはいけない。岩永琴子は飾りとして連れて来られた令嬢ではない。莉音は気を引き締め直した。どこまで彼女に裁量が許されているのか、剛一はどこまで彼女に任せているのか。

剛一が部屋から去ってしばらく、誰もが黙っていた。明日の正午まで事件について話し合うなり解答を修正するなりせよと言うが、そうそう気安く話し出せるものではない。

晋や耕也では年齢や社会的立場もあってかえって軽々に動けないかと莉音が重苦しい空気を破ろうとしたが、先に岩永が、思い切り砕けた、肩の力の抜けた調子でしゃべり出した。

「えー、皆さん、お疲れ様です。いやもうお金も権力も知恵もあるご老人の企みというのは難儀なばかりですね」

肩の力が抜けているどころか、あからさまにうんざりと莉音達に手を振る。先ほどまで陶磁器製の人形かといった冷たい佇まいだったものが、途端に人間的と言おうか、ごく普通の娘らしく動いていた。

「皆さん私を、お前は何者だ、なぜここにいるのか、どんな悪事の片棒を担いでいるのか、と不審がられ、警戒されているかもしれません」

岩永は莉音達を見回し、忌々《いまいま》しげに続ける。

「でも考えてみてください。私が一番迷惑しているんです。皆さんは会長さんの関係者ですから集められるのも無理ありませんが、私は完全な部外者ですよ？　なのに妙な役を命じられ、今日も時間を割《さ》いてこんな遠くまでやって来たんです。嫌なら断ればと言われるかもしれませんが、あの音無会長の求めを断れますか？」

「それは、わからないでもないが」

岩永の身も蓋もない吐露に、晋が狼狽えたように同意する。

「さらに皆さんを評価し、順位をつけろって、どうしたって評価を低くした相手から恨まれますよ。後々どんな意趣返しをされるかわかったものじゃありません」

莉音や父の亮馬は旧家のお嬢様に何かできるほどの力はないが、晋と耕也は可能だろう。

すると耕也が慌てた様子で首を横に振った。

「いや、さすがにそんな狭量ではない」

「父さんも許さないさ」

晋も擁護するが、岩永は舌打ちをする。

「けれど会長も永遠に生きられるわけではなく、亡き後に手を出されては困ります。かといって会長は今は健在ですから、ちゃんと役目を果たさないと不興を買います。このままだとどう転んでも私には悪い結果になるんです」

言われてみるとその通りだ。莉音はこの岩永が被害者という発想はなかった。資産家一族の遺産相続に審判役で駆り出されるなど、迷惑に決まっている。

かといって莉音の不審が完全に解けるわけではない。

「なら岩永さんはどうしてお祖父様に見込まれたんです？　何もない人に頼みはしないでしょう？」

莉音の問いかけに、岩永は晋と耕也をうかがう。

「お二人は私の身辺調査をされませんでした？」

「試みはしたよ。だが信用できる調査会社からは全て断られた。その理由からきみが特別なのはよくわかった。岩永の御令嬢には手を出すなというのが一致した意見だったよ」

あっさり認める晋に、耕也も隠し立てをしない。

「私の場合、たまたま甥《おい》が高校で岩永さんと同じ部にいてね。天知学というが、憶えているかな？　絶対にきみを敵に回すなといった忠告をされたよ」

「おや、天知部長のご親戚でしたか。部長さんならもっと好意的に伝えてくれていいはずですが」

「いや、学に悪気はないから。それこそ恨まないでやってくれ」

耕也がそこをただちに訂正する。莉音が知らないだけで、やはりこの岩永琴子はある階級では有名人なのだ。それも悪名に近い評で占められていそうだ。

岩永はがっくりと肩を落とす格好をした。

「ともかく私のあずかり知らぬ所で勝手な噂が広がり、そこを会長さんは気に入られたのでしょう。不穏な噂の、容姿からして正体をつかみづらい私がいれば皆さんに緊張感を与え、本気で課題に取り組ませられるといった狙いです」

それから柔らかそうな髪をかき回し、己の不運を嘆くように重ねる。

「まあ、私は過去に何度か事件に関わって解決にひと役買ったりして、皆さんより推理や仮説の構成に慣れているといった面もありますが」

この御令嬢にはただならない逸話がいくつもあるらしい。

岩永は深々と息をつき、表情をあらたまったものにした。

「さておき、私としてはこの役目で誰からも恨まれたくありません。できればさっさと片付けたくもあります。ここにいる九郎先輩も私の介添えではなく、高校時代から付き合っている恋人なのです」

あらたまって何を言い出すのか。耕也が恋人という発言に少し反応したが、岩永は構わず言い立てる。

「せっかく恋人と高級ホテルに泊まらせてもらっているんです、ゆっくり楽しませてもらいたいじゃあないですか！　バスルームも広いですから一緒に入ってつぼ洗いをはじめあれこれやろうかと！」

すると岩永は後ろから九郎に勢い良く頭を殴られていた。ただの介添えではこの可憐な令嬢を殴るなどできないだろうが、恋人でもそこまでやっていいものか、という強さだ。

晋も耕也も唖然としているし、緊張感も何もあったものではない。

呆気に取られつつも、莉音はわからない言葉があったので晋に尋ねてみる。

「叔父様、つぼ洗いって何？」

「いや、そういうのは耕也さんの方が詳しいんじゃゃ」

「晋さん、その逃げ方はずるいですよ」

二人の大人が気まずそうに押しつけ合っている。どうやら正面から訊いてはいけない言葉だったらしい。

殴られた岩永が手にしたステッキで九郎にやり返していたが、やがて咳払いをひとつして莉音達に向き直る。

「失礼、私欲をもらし過ぎました。この前温泉に行ったのに一緒に入れなかったもので。しかし皆様も、明日まで駆け引きや腹芸、疑心暗鬼で過ごすのを望まれないのでは？」

この令嬢はどこまで真面目でどこまで作為でどこまでふざけているのだろう。晋も耕也もこの会合に際して何らかの心構えや準備をしていたろうが、岩永はおそらくそれらを超える個性で場を乱している。彼女が主導権を握っている。晋も耕也もそれを感じているためか、おいそれと返事ができないようだ。

莉音はその点、二人よりは立場が軽い。少しでも岩永の狙いを捉えようと、真っ直ぐ対して肯いてみせた。

「そうですね。親戚同士、仲を悪くするのもつまらないです」

晋も耕也も反対意見を表明しない。

岩永はそこでにこりと笑ってこう提案して来た。

「ですからここは、談合しましょう」

スイートルームには晋、耕也、莉音が残されていた。岩永は帽子かけからベレー帽を取ってステッキを突きつつ『一時間ほどすれば戻って来ますので、それまで私の提案についてお話し合いのほどを』と九郎とともに出て行ったのだ。

莉音はここに座ってまだ一時間ほどしか経過していなかったが、その展開の乱暴さに一日分のエネルギーを使った心境だった。晋と耕也も疲労を隠せていない。

ルームサービスで注文した人数分のコーヒーをテーブルに置き、岩永の提案を受けるにせよ拒否するにせよ、話し合おうとしていた。話し合う必要があった。

晋がソファに座り込んだまま、誰にともなく呟く。

「あの提案、父さんの仕込みか、それとも岩永嬢の独断か？」

ソーサーを左手に、カップを右手に持って窓辺に立った耕也が顔をしかめる。

「普通に考えれば、会長の意向を無視した行動をするわけありませんが」

「でもあのお嬢様なら平気でしそうですよね？」

莉音の印象に二人とも反対はなさそうだ。

耕也が口につけていたカップを離した。

「提案自体は悪いものではないでしょう。会長の真意はさておき、要求されているのは二十三年前、音無澄さんを殺したのが会長だと説明すること。それができていれば一定の義務は果たせています。だから三人で話し合って会長が満足する解答をひとつ作り上げましょう、というのは筋も通っていて効率もいい」

莉音は両手でコーヒーカップを取る。

「ひとつの解答にそれぞれがどれだけ多く寄与したかで順位をつける、という申し出も一定の説得力があります」

三人別々に解答を聞かされるのは面倒くさい、とまで岩永はのたまった。本音でもそれを言ったらおしまいではないか、と莉音の方がはらはらしたくらいの言い種《ぐさ》である。また九郎に殴られていたが。

「遺産の分配方法は前もって我々で話し合い、各々の希望を叶える形で岩永嬢が父さんに順位を報告する、という方法も理にかなってはいる。まるきり談合行為だが」

晋が面白くなさそうに岩永の提案をまとめる。剛一は三者に競合を求めていたが、岩永は、皆が納得するのを最善に事を処理しましょうと提案したのだ。それなら互いがいがみ合い、腹を探り合わなくて済み、岩永も順位づけで恨みを買わない。

晋が天井を見上げた。

「父さんも一流の経営者だ、優先権を与えると言っても、グループに関わる資産や権利に関して不合理な相続や譲渡は許さないだろう。ただ父さんと私では経営方針も違う。個人的に押さえたい資産や権利はある。それに妻や子ども達にも相続には要望があって、そこも無視はできない。だから今回の課題をどうでもいいとはできない。逆を言えば、それらが保証されるなら、この課題の順位は何番でもいい」

そして耕也に話を振る。

「薫子姉さんはどうです、耕也さん？」

晋からすれば耕也は姉の夫、義兄になり、年齢も耕也の方が上であるため、直接話しかける時は見合った言葉遣いをしていた。一方で耕也も晋に丁寧な物言いをしていた。社会的には晋の方が力があるとされる地位についていたりして、なかなか義兄らしくは接せられないのだろう。ちなみに莉音は二人を晋叔父様、耕也叔父さんと呼び分けている。

耕也が申し訳なさそうに遠い目をした。

「薫子は亮馬さんや晋さんが一方的に得するのは面白くない、と言っていました。晋さんはグループに貢献して会長に気に入られておられますし、亮馬さんは正反対に家から完全に離れて我が道を行く、という気概を高く評価されているでしょう。その点、薫子は父親にあまり愛されていないといった感覚があるみたいで、相続でお二人の方が優遇される形になると、いっそうたまらないらしく」

晋がその点で若干耕也を責める調子で言う。

「耕也さんもご自分の事業に音無グループを利用されれば、父さんも何かと薫子姉さんと関われるんでしょうが」

「私もプライドがありますからね。音無の力で成功してると思われるのはちょっと。それに薫子はあれで金銭に頓着しませんよ。今でこそ私もいっぱしの事業家ですが、結婚した頃は決して前途は明るくありませんでしたから」

「姉さんは単に私や兄さんに勝つ満足感を得たいだけか。この場合、自分が選んだ夫が私達より優れていると自慢したいのかな」

「何だかんだ言って亮馬さんも晋さんも優秀ですから。薫子はそこもコンプレックスになってるんですよ」

二人の会話を聞きながら、莉音は叔母の薫子を思い出す。あまり話したことはないが、小柄で華奢《きゃしゃ》な、綺麗な人という印象がある。

ここで耕也が莉音に尋ねて来た。

「亮馬さんは遺産についてどう?」

莉音が答えようとしたが、晋が苦虫を噛み潰したみたいな顔で先に返す。

「兄さんは聞くまでもないですよ。多額の遺産なんて受け取る方がトラブルの元だ、莉音に欲しいものがあるなら好きにもらえ、といった意見でしょう」

あまりにその通りなので、莉音に付け足しはない。何十年とまともに口をきいていない兄なのに大したものである。

「叔父様、それだけ父さんをわかっていて、どうしていまだに仲が悪いんです?」

「わかってるからだよ。兄さんはいつも私の気に入らないことをする。長男に相続を放棄されたり取り分が不自然に少なかったりすれば周囲に勘繰られる。私が手を回したと悪く言う者もいるんだ。それに対処したり、事務手続きに便宜をはかったり、どれほど手間をかけさせられるか。兄さんは自分を貫《つらぬ》いて満足だろうが」

「何かすみません」

「ああ、莉音のせいじゃない。兄さんが悪いだけだ」

晋は莉音の謝罪に失言したとばかり自省の表情をした。謝ってかえって悪かったかもしれない。莉音は慌てて本題に戻る。

「なら順位は耕也叔父さんを一番にして薫子叔母様の顔を立て、何を相続するかは晋叔父様と耕也叔父さんが話し合って調整するのが最善ですか？　私は管理や処分が難しい不動産や美術品とか相続させられても困りますので、そこさえ配慮していただければ何番目でもいいので」

耕也は困惑気味の表情だが、着地点としての妥当性はわかっているだろう。

「私としては薫子も満足するでしょうし構いませんが、晋さんは？」

「何を相続するか、耕也さんや姉さんと重ならなければ争いもないでしょう。どちらの解答が優秀か競い合うより、その融通の方が簡単なはずです」

晋は保留部分もあるが、折り合えるならそれが最善という態度だ。

耕也が眉間《みけん》に皺《しわ》を寄せる。

「変なことになってますね。巨額の遺産を巡る争いなんです、ミステリならもっと険悪になるはずでしょう。なのにいきなり丸く収まってる」

「判定役が談合を持ちかければ、丸く収まる方にも向かいますよ。もともと遺産争いをしたいわけでもない。不満があっても、父さんが決定したなら家族も文句を言わないんだ」

「ただ私が一番うまく会長を犯人にできたので優先権を得た、というのも下手をすればとんでもなく外聞が悪い話になりそうで、そこに躊躇はありますか」

耕也が一番にしてもらえてもその弊害はあるか、と苦笑するが、莉音は逆ではないかと指摘する。

「それぞれが別の解答を出して優劣を競うならそうなるでしょうが、ひとつの解答を共同で導き出し、その貢献度で決めたとなれば、かなり印象も違いますよ。少なくとも責任は分割されるわけですし、全員がそれに賛成したなら同罪と言いますか」

耕也がちょっと驚いたようにした。

「ああ、そういう見方もできるか」

「その点でも岩永嬢の提案は魅力的か」

晋もそこまでは気が回っていなかったらしい。二人とも剛一をどう犯人にするかより、この課題をどう乗り切るかを先に考えていたからかもしれない。

莉音は二人の意見を聞くべく、この課題の根本的な疑問を口にした。

「そもそもこれ、答えのある課題なんでしょうか？　お祖母様の事件が警察の見解通り、突発的な強盗殺人なら掘り出すべき真実もありません。第一、お祖父様が犯人で、罪を明らかにして何か償おうというなら、どうやって殺したか自分で語るのが早いでしょう。なのに私達に考えさせるってなんです？　この課題には他の目的があるんでしょうか？」

言いながら莉音は晋と耕也をうかがう。

「お祖父様は特別な何かを知っていて、今でこそ明らかにできるそれに気づかせようとしているのでは、とも父は言っていましたが」

しばらく後、晋が呟いた。

「岩永嬢の提案を呑むとしても、いくつか質す必要はあるな」


一時間後、スイートルームへ九郎を伴って戻って来た岩永琴子は晋からされた質問に、けらけら笑って手を振った。

「いやあ、考え過ぎですよ。音無会長は奥様の死に関わっています。ただしその殺害方法を自ら説明しても信じてもらえそうにないので、子どもさん達に自力で到達してもらって深く納得してもらおうとされただけです」

あまりに陽気に保証されたので、かえって莉音は不安になる。

「それ、信じていいんですか?」

つい非難めいてしまったが、岩永は上機嫌に右眼をつぶってみせた。

「会長さんを犯人とする答えはあります。皆さんが真実を求められればそこにたどり着きますよ」

遺産相続に過去の殺人といった重い事案を扱っているはずなのに、岩永が語ると急激に深刻さが霧散していく。

晋が毒気を抜かれまいと耐える様子で言い返した。

「だが父さんに疑わしい所はないだろう」

剛一の真意がつかみづらい上に、岩永もどこまで信じていいか測りかねる。晋もやや高圧的な物言いで、彼女に揺さぶりをかけようとしているのかもしれない。

されど岩永は柳に風とばかり受け流す。

「そうでしょうか。例えば事件の際、音無会長が犯人と疑わせたくない関係者、亮馬さん、薫子さん、晋さん、耕也さんにまでアリバイがあるというのは不審じゃあないですか？　まるで皆さんを守る配慮をされたようです。そんなことができたのは当時、音無会長くらいのものでは？」

牽強付会《けんきょうふかい》な主張とはねつけられなくもないが、晋と耕也は黙っていた。莉音も実はそこに着目していたため、やはりこのお嬢様は油断できないと心を引き締める。

「あらかじめ皆さんには会長を犯人にするべく、事件の詳しい資料が渡されていますね。二十三年前の警察の捜査資料を入手し、まとめられるのですから、さすが音無会長です」

岩永は後ろに立つ九郎に声をかけ、その資料を取り出させて受け取る。莉音はすでに捜査資料は読み込み、内容を頭に入れてはいたが、念のため鞄にしまっていたそれを取り出した。

晋と耕也は動かない。晋はソファに座り、耕也は室内を移動しつつ、適当な所にもたれたり座ったりしている。二人とも資料くらい頭に入っているだろうし、二十三年前といえ、事件の当事者なのだ。記憶を新たにする必要もないのかもしれない。

莉音は音無澄殺害に関する情報を今一度整理する。

事件は二十三年前、三月十六日の水曜、午後七時頃に起こった。

当時、澄は五十八歳、音無グループの社長として辣腕《らつわん》を振るっていたが、月に一度、決まった日に、個人が開業しているマッサージ店にひとりで訪れていた。店は閑静な住宅地にあり、店舗というより個人宅に小さく看板がかけられているといったもので、知った間柄の予約のみ受ける、といった経営をしていた。それで成り立つくらいに腕が良かったという。

何においても仕事を優先し、グループの拡大に走っていた澄はもともと私的な付き合いが乏しく、周囲には常に緊張が走っていたので、当人の全身も強張《こわば》ったことだろう。また腕に自信を持って客も選ぶマッサージ師は澄を相手に緊張も特別な気遣いもしなかったので、澄としてはいっそうリラックスできたという。それもあってか、澄は唯一の息抜きとして、完全なプライベートでそこに通っていたらしい。

そのため澄は車も使わず、ひとりで電車に乗り、最寄りの駅から徒歩でその店に行っていた。社長ゆえ、送迎の車や専用の運転手もあったが、仕事とプライベートの切り替えをするため、敢えてそうしていたという。たまには電車に乗り、周囲を見るのも経営者には必要、として普段から不意にひとりで行動することはあったそうだ。

また澄は父の伝次郎の教えから合気道の段位も取得していたため、夜道をひとりで歩くのもまるで平気だったそうだ。腕っ節は実際に強かった。仕事上で恨みを買うことも多かったので、周囲は保安の面でもひとりでの行動は避けた方が、と何度か求めたが、澄は聞き入れず、繰り返し進言する者は遠ざけられるとあって、自由に行動していた。

そしてそのマッサージ店からの帰り、午後七時くらいに、最寄りの駅に向かう住宅地内の路上で澄は何者かに襲われ、刃物で胸を二ヵ所刺された上に現金を奪われた。

周囲にはいくつも民家があり、在宅していた者も多かったが、まだ肌寒い三月の半ばの暗い午後七時頃とあって表に出ている住民はなく、この襲われる現場を目撃した者はおらず、当時はまだ防犯カメラも広くは普及していなかったため、犯人の姿を捉えた映像もない。

しかし澄が襲われた直後であろう、周りの家にいた複数の住民が、

『泥棒！　あの男！　誰か、あの黒い上着の男を捕まえなさい！　駅の方！』

という女性の苦しげな叫び声を聞いている。

この声で住民達が表で何か起こったと気づき、それぞれが家の前や道路に出て来て、民家の塀のそばで胸にナイフを深く突き立てたまま、血を流して横たわる澄を発見したのである。住民達が駆けつけた時、すでに澄は亡くなっていたが体はまだ温かく、犯行直後だとわかった。澄はあの叫びを上げられたものの、あるいはその力を振りしぼったために死

を早めたかもしれないと思われた。

無理に叫んだせいか、口許に血が流れてついており、傷口に触れでもしたのか、手袋をはめていない手にも血が見られた。

住民達はすぐ周りを見渡したが、少し離れた所に口を開けたハンドバッグと革製の財布が捨てられているのを発見しただけで、逃げていく怪しい影のひとつも目にしなかった。財布には紙幣が一枚も入っておらず、犯人はそれだけを抜き取って逃走したと思われた。澄はまとまった現金を持ち歩く習慣で、いつも高額紙幣の分厚い束が財布に入っていた、と周囲からも証言されている。

澄の死因は出血性のショックによるもの。心臓付近に刃渡り十二センチのサバイバルナイフを二度刺されてのものだった。状態から刺されてそう長くは生きていなかったという所見だった。被害者の胸に残されたナイフの出所はわからず、柄からも指紋は検出されていない。

単純な事件だった。まず強盗殺人だった。犯人は最初、刃物を見せて金を脅し取ろうとしたが、腕に自信のある澄から思わぬ強い抵抗を受けたため勢いで刺してしまい、慌てて現金だけを奪って逃げた、といった状況だった。

事件現場も正確な死亡時刻もほぼ定まっており、住民達が聞いた叫び声も状況から澄のもので間違いないと判断され、犯人の特徴もいくつかわかっている。仮に澄が叫んでおらずとも、帰宅する近隣住民が路上の死体をその夜のうちに発見したろうし、死亡時刻はかなり狭く限定できたろう。

しかし単純なせいかそれ以上の手掛かりが出てこず、捜査はまるで進展しなかった。

「警察は強盗殺人の線を有力視しつつ、捜査が早々に行き詰まったのもあって、これはそう偽装して計画的に澄さんを狙った殺人ではといった可能性も探っていました。澄さんは仕事の上でも多く恨みを買っていましたから」

岩永が捜査資料をめくりながらそう静かに言う。

晋が同意しつつも、その意見を取り合わない調子で返した。

「母さんは反対したり逆《さか》らったりした相手を容赦なく切り捨ててたからな。ただやり過ぎな所もあったが、当然な処置のものも多くあった。経営の上では逆恨《さかうら》みされている場合が多かったよ」

岩永は構わず続ける。

「またご家族の皆さんや耕也さんにも動機はありました。月に一度、決まった日に澄さんがそのマッサージ店に行かれているのも知っておられましたから、その帰りに待ち伏せて襲う計画を立てられました。無論、マッサージ店についてグループの上層部は皆知っており、その気になって調べれば誰もが待ち伏せられたでしょうが」

資料に目を落としながら岩永は言う。

「亮馬さんと晋さんは将来の進路で澄さんと意見が衝突し、頭を抑えられ苦しい状態にありました。薫子さんは耕也さんとの結婚を反対され、別れさせられるところでした。当然耕也さんもそれで澄さんを邪魔に思う理由になります」

ここで晋と耕也へ岩永は顔を上げた。

「また澄さんの経営方針と独裁によってグループが危機にあると感じる方も多かった。音無会長もそうでしたし、特に父親として皆さんの苦境も知っておられた。警察が疑いの目を向けるのも当然です」

晋が苦笑で応じる。

「当時は兄も私も、母さんがいなければ、と何度も思っていた。その頃、兄は母の命令で料理の道から引き離され、グループ内で働いていたから、母の経営方針が危ういのもわかっていた。私ももちろんだ。動機は十分にあった」

耕也も過去の恥を掘り出されたみたいに所在なげな表情で肯く。

「私と薫子も強硬に結婚を反対されましたし、当時、すでに薫子は私のマンションで暮らしていたのですが、それもうるさく言われました。あの人は娘の結婚相手は良い家柄でグループに貢献できる者でなければいけない、と決められていましたから。独立心の強い、たたき上げの私はまったく眼鏡《めがね》にかなわなかった。一ヵ月以内に別れなければ私が始めていた事業を潰してやるとまで言われましたよ。ただし別れれば援助もするし、それなりの手切れ金も積むと言われました。殺意も湧こうというものです」

最後はどこか笑い話にする言い方で結ぶ。

岩永はにこりとした。

「しかし皆さんにはアリバイがあったため、早々に容疑を外されました」

「平日の午後七時だ。まともに働いていればアリバイのありそうな時間帯だろう」

晋がそこはどうでもいいとばかりにするが、岩永は動じず資料をめくる。

「音無会長は新規開業するホテルの視察で他県におられ、午後七時頃は十人以上の業者や社の方と会議をされていました。亮馬さんと晋さんは事件現場までは車でも一時間以上かかるグループ本社におられ、午後七時前後には社内でその姿を見かけられています。特に午後六時半過ぎにお二人が殴り合いのケンカをされるのを目撃されていますね？」

「当時はお互い若かった。私はまだ二十代で、兄さんもまだ三十過ぎだ。特に兄さんは二十代の頃、これからはホテルも飲食が重要になるからその勉強にと母さんを誤魔化して名店で料理の修業をしていたが、それも通用しなくなって本社に三年以上勤務させられ、かなりストレスがたまっていた。私は私で兄さんの補佐みたいな仕事しか任されず、苛立っていた」

晋は岩永が邪推をしていると言わんばかりに遮る風に片手を上げる。

「嫌々仕事をしている兄さんと、その仕事こそ任されたい私だ、ちょっとした成り行きで口論になり、殴り合いにもなるだろう」

「ええ、お二人の仲が以前から悪いとは周囲の多くの人が知っていたそうですが、社内であからさまなケンカはかつてなかったとか。だからいっそうアリバイがはっきりしました。偶然とはいえうまいものです」

岩永は晋の険のある声を優雅に、けれど何かをほのめかすのはやめずに受け、晋はというとそれにどこかためらいを浮かべ、反駁《はんばく》を重ねなかった。

莉音は当時の事情をしかと知らないが、父の亮馬と晋が社内で殴り合いをしていてもありそうだと感じる。そこに不自然はないと思うが、岩永との遣り取りには違和感があった。

岩永はすっと耕也へ話を向ける。

「耕也さんも事件の時間帯は取引先を回られ、交渉で抜け出す隙もなかったそうですね。当時はまだ実績がなく、強引に粘《ねば》ることもあったとか」

「私は当時三十三歳だ。コネもなく、門前払いを食らうのも当たり前。強引に粘るのは日常茶飯事だったよ」

「はい、そのおかげでアリバイが強固なものになっていますしね。門前払いを受けてあっさり引き下がっていると事件現場に行ける時間が生じないとも限りませんし、日頃から仕事は懸命にするものです」

耕也も岩永の裏のありそうなほのめかしに怒るでもなく、面立ちに幼さの残る令嬢に本気で取り合わずとも、とばかり肩をすくめた。

　岩永の指摘はさらに続いた。

「薫子さんは左足を痛められ、耕也さんのマンションにひとりでおられましたが、本来ならその日はご友人と夕食に出かけられる予定で、午後六時半には予約した店にいるはずだったとか」

　これにも耕也は笑って応じる。

「ああ、薫子は昼間、マンションのエントランスの階段で派手に転んだそうでね。その時はそばにいた近所の人にも助けられ、湿布をして放っておいたが夕方になって腫《は》れがひどくなり、友人との約束はキャンセルしたというんだ。私が夜中にマンションに帰ってから病院に連れて行き、左足の脛骨《けいこつ》が折れているのがわかってそのまま入院したよ」

「はい。そのアクシデントのため予定があったにもかかわらずアリバイが無くなるところでしたが、辛くも薫子さんは容疑から外れました。その足ではとても澄さんを襲って殺せず、犯人も男と見られるので容疑の圏外になったんです。これは幸運でしたね」

　アクシデントがなければ薫子にも十分なアリバイが成立した。確かにちょうどいい時が選ばれた犯行に見える。剛一なら事前に皆の予定や行動を把握し、そこを測れたかもしれない。

莉音は少し癇《かん》に障ったので、岩永へ遠慮せずに踏み込んだ。

「岩永さん、何が言いたいのでしょう？　お祖父様が皆にアリバイがある時を狙ってお祖母様を殺した、という根拠を示されるには、言葉に悪意がありませんか？」

あげつらった点は、作為を強調せんがごときだったではないか。

「まるでそれは、薫子叔母様以外はお祖父様の犯行計画を知っており、その時間帯、意図的に印象に残るアリバイを作っていた、と示唆《しさ》したくも聞こえます」

「まさか。そんな品のない真似はしませんよ」

すると九郎が後ろから岩永の頭を平手で叩いた。

「今さらお前が品を語るな」

「私はずっと品位ある行動をしてるでしょう！」

「談合を持ちかけてる段階で品はないよ」

九郎がステッキを振って抗議する岩永に冷たく言っている。九郎の指摘は正しかったが、暴力はどうか、と莉音は仲裁しようとしたが、岩永のステッキも九郎に当たっているのでこれはどっちもどっちか。

晋と耕也は呆気に取られたのか口を開け、莉音も出鼻をくじかれた形で継ぐべき言葉に詰まっていたが、すぐ岩永は立ち直り、やはり精巧な西洋人形のごとき小さな口で流れを戻す。

「失礼、連れが不作法なもので。確かに私は談合を提案しましたが、いくら皆さんに欲がないと言ってもそんなすぐまとまる方向に行くとは考えていませんでした。巨額の遺産ですし、グループの経営にも関わりますから、まだ様子を見るだろうと。さらに相続の当事者である薫子さんも亮馬さんもいません。なのにあっさり決められました」

不意に岩永は、莉音達へまた違った悪意を投げ込んで来た。

「さながら自分達の不都合が掘り出される前にことを穏便に済ませたい、といったようです。遺産よりも他に懸念すべきものがある対応じゃあないですか。談合は音無会長の希望にも反しますし、懸念がなければ課題にもっと真摯に向き合われるのではないかと」

勘繰り過ぎだ。莉音は岩永のたちの悪いやり口にあきれながらも、つい先ほど莉音自身が言った内容が脳裏に甦《よみがえ》る。

剛一は、今でこそ明らかにできる何かに気づかせようとしているのでは。

岩永は沈黙を守る晋と耕也に身を乗り出すようにした。

「皆にアリバイがあるのは偶然かもしれません。けれど事件当時、亮馬さん、晋さん、耕也さん、音無会長は共犯関係にあり、あらかじめアリバイが立つようにしていた、薫子さんはそれを知らされていなかったため、うっかりアリバイが無くなるところだった。そう解釈した方が面白くありませんか？　耕也さんが薫子さんを差し置いてここに来られているのも、その事実に対処の必要があったからでは？」

莉音は手の平に汗がにじむのを感じる。父の亮馬も、この課題、過去の事件にはあぶり出されるべき真実があるといった口振りだった。

それでも岩永の矛先は間違った方を向いていると、莉音は彼女の前に立つ。

「私は遺産に興味はありません。叔父様達もお祖父様なら相続で不条理な配分は行われないと判断し、親族同士争うよりはとあなたの提案に乗るのが最善とされたんです。それをあなたは面白いからと愚弄《ぐろう》しますか。まさに品がありません」

なぜか岩永の後ろにいる九郎が、よく言った、とばかり莉音に親指を立ててみせた。あなたに褒められても、と莉音は一瞬気持ちが乱れそうになったが、ひと息に続ける。

「またお祖父様も含め四人が共犯なら、この会合や課題自体が無意味です。今さら方法を探り合わせなくとも、叔父様達はお祖父様が犯人と知っているわけですから」

すると岩永は莉音の追及など意に介さないとばかり、手を広げてみせた。

「はい。私は皆さんが共犯とは信じていませんよ。音無会長もそれは否定されています。ただ会長は言われました。罪の報いはきちんと受けるものだと」

揺るがない岩永に、莉音は急に足元が不安になる。

この小さな令嬢の礼を失したやり口に、晋も耕也もまだ黙ったままでいる。発すべき言葉の選択に迷うように動きを止めている。

やはり何か、掘り出されて困るものがあるのか。父の亮馬もそれがあるため、ここに来るのを恐れたのか。

空調の音がうるさく聞こえるほどの静寂の中、莉音の後ろで晋が呟きとも確認とも取れない、暗い箱の中を探るような声で言った。

「父さんは私に告白させたいのか？　それがこの課題の目的か？」

「どうでしょう。殺人は準備だけでも罪になりますが」

岩永が惚《とぼ》けた返事をしつつ椅子に座り直すと、代わりに晋がソファから立ち上がって前に出、堂々と彼女に述べた。

「いいだろう、認めよう。二十三年前、私と兄さんは一緒に母さんを殺す計画を立てていた。準備段階で母さんが何者かに殺され、実行にまでいたらなかったがな」

晋の告白に、耕也が驚きを露わにしていた。対して莉音は叔父が母親を殺す計画を立てていたのには驚かなかった。動機があり、岩永が祖父の共犯扱いまでしていたのだ、実際に計画していても想像の範囲内であった。

けれど亮馬と一緒にというのは想像を超えていた。

「叔父様、父さんと一緒にって、二人はもう三十年以上仲が悪いのでしょう？　事件の日も殴り合っていたと！」

岩永が指を一本立てる。

「仲が悪いからこそ共犯関係を疑われにくいのです。よって兄弟関係であっても互いの証言の信憑性が増します。けれど二人の利害は根本では一致しています。手を組む余地はあるでしょう」

「やはり何もかも見抜いているんだな」

晋は業腹そうに岩永をねめつけた。岩永はとんでもありませんよ、といった目礼をしてからしゃべり出した。

「事件の日、お二人が周囲に気づかれるほど激しくケンカしていた。だから確かなアリバイになりました。けれど二人が共犯で、ケンカのふりをしていたなら？　例えば会議室の中に二人だけが入ってケンカしており、周りは外から声や物音だけ聞いていれば？　一方の声はあらかじめ録音しておいて適宜流し、部屋にはひとりしかいないのに激しく争っているふりをすれば、二人がそこにいると誤認させられます。その間に一方は殺人を実行する」

晋は否定しなかった。

「ああ、そういうアリバイ工作だった。他にも容疑を逸らす細工は考えていたが、それが大きなものだ。だが事件の日のケンカや殴り合いは声だけでなく、周囲の者に目撃されている。殺人の実行は翌月に母さんがマッサージ店に行く時にする予定だったんだ。それまでに社内で私と兄さんが口論や殴り合いをしていても不自然ではなく、空き部屋で二人きりで争っているのに周りが気づいても、止めないで放っておいた方が無難《ぶなん》、という環境を作るための前振りだった」

　そこで晋は、気まずそうに莉音へ向いた。

「勘違いしないでくれ、私と兄さんは本当に仲が悪い。そしてこの計画を持ちかけたのは兄さんだ。このままでは自分の将来もグループの将来も台無しになる、だから母さんを殺すと。お前はアリバイ工作に協力してくれればいい、手を汚すのは自分だときっぱり言ったよ」

　後で確認すればわかる嘘を晋はつかないだろうし、嫌いな兄の主導で計画された、という嘘もつかないだろう。莉音は受け入れるしかなかった。

「私が拒否しても兄さんはやるとわかった。私だって母さんの存在が周りを危機に陥れているのを痛いほどわかっていた。兄さんは自分の手で自分の将来をつかみ、問題を解決しようとしていた。そこで私が怖《お》じ気《け》づいたら、私は一生兄さんにかなわないと認めることになる。私は即座に同意した」

　晋はソファに座り直し、汗を拭《ぬぐ》う。

「兄さんが私を共犯者として信用し、頼りにしたのに自尊心をくすぐられたのもある。だが私が手を汚すと言えなかったあたり、やはり兄さんには負けているが」

晋は腹中にたまった岩を吐き出すようだった。

「そして計画を進めてアリバイ工作の布石を打っている最中に母さんが何者かに殺された。この時は喜ぶというより、腹が立った。せっかく殺す覚悟を決めていたのに誰が、と机を叩いたのを憶えている。そんな運に助けられるみたいな結果は望んでいなかった」

岩永は捜査資料を繰りながら先を促す。

「音無会長がやったのでは、と疑われたことはありますか？」

「考えないではなかったよ。もしかしたら父さんは私達の計画を察知し、私達に手を汚させまいと先んじてやったのでは、と。だが父さんにはアリバイがあるし、人を雇って殺させたというのもありそうにない。これでも家の現金や財産、社の資産の流れまで調べ上げ、父さんが不審な金を動かしていないか確かめた。もともと父さんは家でも社でも自由にできるものは少なく、とても人を雇えたとは思えない」

警察の捜査でも依頼による殺人の線を調べているが、形跡ひとつ見つかっていないと資料にはあった。

「母さんが亡くなってしばらく後、妙な山地の開発に動いたのを不審に思ったが、そこは特段利益も出ておらず、土砂崩れ防止や公園の整備といったグループの地域対策として必要がないでもなかった。その代わりに母さんを殺すなんて役目を引き受ける人間がいるわけがない」

「そんな『人間』いないでしょうね」

岩永はなぜか人間の部分を強調して同意した。晋は肯く。

「だから母さんの死は強盗殺人と片付けていた。犯人は捕まっていなくともそういうものだとな。そこに今回の父さんの課題だ。父さんが犯人なわけがない。なら私と兄さんが殺人を計画していた過去を告白させ、罪を償わせようとしているものと思いもする」

晋がこの会合に当たって苛立たしそうにしていたのは、その罪悪感と秘密のためだったのか。剛一をどう犯人にするかより、その秘密が知られていないか、どう扱うかにずっと悩んでいたのだ。

晋はため息をついて莉音に言う。

「兄さんも勘づいていたんじゃないか。実行しなかったといえ、殺人を計画していた過去を抱え続けるのは重いものだ。ちゃんと誰かに裁かれ、許してもらわないといつか潰れてしまうんじゃないかというくらい」

莉音も心当たりがある。ここに来て何度も、送り出した父の言動を頭に浮かべていたのだから。

「莉音を課題にあたらせたのもその現れだろう。ちゃんと娘に自分の罪を教え、何らかの償いにしたかったんじゃないか。自分から言い出せないから、この場でその真実に気づいてもらおうとしたのかもしれない」

ここで莉音は慄然《りつぜん》とある可能性に思いいたった。

「まさか叔父様、計画の共犯関係を万一にも疑われないため、この二十三年間、ずっと父さんと仲が悪いふりをして来たんですか！」

未遂に終わった殺人計画といえ、隠し通す必要はある。少しでも露見する可能性があるのを恐れ、二人は仲が悪い状態を意図的に維持して来たのでは。

晋は手を横に振った。

「だから勘違いするな。私は兄さんが嫌いだ。兄さんは私が最も価値を置いているグループの経営を平気で捨て、勝手な道を進んで満足しているやつなんだ。そのくせグループにいた頃は、私より優れた仕事をしていた。その能力すら兄さんは無価値として捨てていった。私が欲しいにもかかわらずだ。これが許せるか？」

気持ちはわかる。自分の欲しいもの、大事なものを他人が一顧だにせず捨てるのを目にすれば、たとえそれをお前にやると言われても、割り切れない感情を抱くだろう。

「そして私はずっと、もし兄さんがグループにいればとうに社長になっていたのでは、という劣等感から逃れられないんだ。これでどうして兄さんと仲良くできる？」

岩永がしみじみと同意する。

「まったく、嫌な人ですね」

「きみよりはましだ」

晋はせめてもの抵抗か、偽らざる本音か、そう返した。莉音も同感である。なぜか岩永の後ろの九郎も首を縦に振っている。どうも二人が恋人同士というのは嘘ではなかろうか。

それから晋は不愉快そうにではあるが、岩永へ礼を言った。

「だが、少し楽になった。こうして告白する機会を用意してくれたのには感謝しよう。いや、この礼は父さんにすべきか。きみはあくまで判定役だったな」

岩永はそんなものは少しも求めていないとばかりに頭を下げ、次に窓辺で我関せずとばかり外を見ている耕也へ冷ややかな瞳を動かした。右は義眼というが、左も変わらず感情も読ませない色をしている。

「では耕也さんと薫子さんはどうでしょう？　当時、音無澄さんの殺害を計画していませんでしたか？」

また好き放題な妄想を、と莉音は感じるが、耕也の反応は鈍い。思案するような間を取っている。岩永はその間にも言葉を継いでいく。

「薫子さんの足の骨折というのもタイミングが良過ぎます。そこでこういうアリバイ工作を疑ってみました。薫子さんは事件の日の昼、わざと周りに人がいる所で転び、足をひどく痛めたふりをする。その時点では骨折も何もしていません。そして夕方、密かにマンションを抜け出して澄さんを強盗の仕業に見せかけて殺害します。足は何ともないのですから可能です。その後マンションに戻り、そこで初めて足を、自分で折ります」

岩永の示す所を察し、莉音はあきれた。そんな無茶な行為を疑いもするとは、この令嬢の人格はなんと歪んでいるのだろう。

「自分で自分の足を折るにはかなりの覚悟がいるでしょうが、やれなくはないでしょう。女性の足ですし、その気になれば折れるでしょう。帰宅した耕也さんが手伝ったかもしれません。こうして実は昼から折れていたと見せかけ、犯行が不可能と思わせる」

耕也が窓外を見たまま笑った。

「よくそんな聞いているだけで足が痛くなる方法を考えるね。犯人は澄さんの最期の叫びから男だとわかっている。『あの黒い上着の男を捕まえなさい！』と。たとえ顔を隠していても、実の娘を男と見間違えないよ」

「その最期の叫び、果たして澄さんのものでしょうか。聞いた周辺の住民は、澄さんの肉声を知らなかったでしょう。薫子さんが澄さんのふりをし、死体のそばであの叫びを上げ、周りに聞かせていたなら？　犯人を男と誤認させるために」

可能性としてはあるだろうが、莉音はすぐその仮説の穴に気づいた。

耕也も岩永の方に歩きながら易々と反論する。

「リスクが大き過ぎる偽装工作だよ。声を聞いた住民がすぐ表に出て来れば？　窓を開けて声のした方を見れば？　そこに薫子がいるのがすぐ見つかってしまう。逃げる姿を目撃されるおそれも高くなる。それどころか周辺住民に捕まるかもしれない。その時間帯、表を歩いている者がまずいないとわかっていても、周辺住民が多いのは確かだ。だからこそ澄さんの叫びを聞いた者が多数いる。犯人が逃げた後に澄さんが叫びを上げたから、住民は犯人の姿を目にすることができなかったんだ」

これには岩永も口を閉じるだろうと思われたが、彼女の舌は止まらない。

「そうですね。そもそも住宅地での殺人を計画したなら、刃物を刺す前、または刺した直後にも被害者の口を塞ぎ、周囲に気づかれないよう声を出せない状態にするでしょう。さらに自分が犯人という手掛かりを残されたり、周辺住民にすぐ澄さんを発見されて救護が間に合ったりすれば万事休すですから、まがりなりにも死を確認し、ちゃんと殺したという手応えを得てから被害者のもとを離れるでしょう。突発的で無計画な、澄さんと面識のない者による強盗殺人だからこそ、澄さんは犯人がその場を離れた後も叫べる余力がある状態だったと考えられます」

岩永は仮説の問題点を自身であげつらったが、近くまで来た耕也を座ったまま見上げる様に気後れはない。変わらず勝ち誇ったがごとき笑みがある。

「けれどせっかくの機会です。晋さんいわく、少し楽になれるそうですよ？」

耕也は沈黙していた。

それから口許を曲げ、肩を落とした。

「わかった、白状しよう。逆だ。薫子が骨折したから殺人を行ったんじゃない、骨折したから殺人の計画が頓挫《とんざ》したんだ」

莉音は息を呑んだ。こんなことがあるだろうか。関係者が皆、音無澄の殺害を計画していたなんて。

耕也は早い段階からどう話すか組み立てていたのか、滑《なめ》らかに過去を語っていく。

「私と薫子もあの人の殺害を計画していた。このままでは二人は別れさせられ、事業も潰されるからな。マッサージ店帰りを狙う、というのも晋さん達と同じだ。これは偶然と言うより、あの人が確実にひとりで人気のない所を移動すると前もってわかるのがその時くらいしかなかったから同じになったんだろう。そしてあの日、実行する予定だった」

亮馬や晋と違い、まさに事件の日に決行しようとしていたとは。すぐ別れるよう澄に迫られ、時間的に追い詰められていたからかもしれない。

「骨折した時間を誤認させる工作はきみの言った通りだ。やろうとしていたよ。特に小柄で華奢な、一応はお嬢様育ちの薫子が自分の足を自分で折るなんて考えるはずもないと、盲点になると踏んで、薫子自身が提案した。だが間が抜けたことに、薫子は昼間に階段で転んでみせた時、本当に骨折してしまったんだ」

耕也が失笑らしきものをする。いかにも喜劇的だが、当事者にとっては笑えないかもしれない。

岩永はけらけらと笑ったが。

「周りに不審に思われず、骨折していてもおかしくないようわざと転ぶのも難しいでしょう。失敗して本当に骨折、というのはありますね」

耕也は気を悪くした風にしたが、語りを止めなかった。

「薫子も夕方になる前に、これは打撲としても重度で、歩けはしても走れないと判断したそうだ。だから殺人の実行を断念した。あの人を待ち伏せできても、とても殺して逃げられそうもない、返り討ちに遭うかもと。私がそれを知らされたのはマンションに戻ってからで、その間はアリバイが立つよう走り回っていた」

「まだ携帯電話も普及していませんし、連絡を取ろうとすればかえって疑いを招きそうですね」

「そうだ。薫子も殺人を断念したならすぐ病院に行けばいいものを、私へ事情を説明せずに家を離れるわけにはいかないと待っていたんだ。その時、足の正確な状態はわからなかったが、尋常じゃなく腫れていたのですぐ病院に連れて行った。病院で骨折が明らかになった後、あの人の死を知らされたんだ」

莉音はその時の耕也と薫子の心境を想像してみたが、やはり喜劇めきつつも、その当事者にはなりたくないと心底思った。

「薫子と一緒に呆然《ぼうぜん》としたよ。これで問題が解決したと喜ぶより、どういう冗談かと顔を見合わせた。どこかの誰かがあの人を殺した、それもこちらが予期せぬアクシデントで計画を断念した日に。天の配剤にしてはいささか気味が悪かったね」

耕也も喜びより恐怖が上回ったらしい。その時の感情が甦り、寒気にでも襲われたのか、冷えた手をもみほぐす動作をする。

「やはり音無会長がどうにかしてやったのでは、私達の計画を察知して、その前にと動いたのではと疑いもした。ともかく私達は助かったと疑念を封じて暮らして来た」

耕也は悠然と座す岩永を、恨み言でも投げたげに見下ろした。

「そこに今回の課題だ。会長が犯人であっても、罪を告白するだけとは思えない手順だ。私達の過去の罪も遠回しに告白させようとしているのでは、と感じもするよ。薫子もずっと怯えていてね、私がここに来るしかなかった。どうなるのか、ずっと腹に痛みを感じていたよ」

莉音は耕也がそこまで危機感を抱いていたとはまるで察せられなかったが、鍛《きた》えられた大人は違うものだと、この血縁はない叔父への尊敬を新たにした。

耕也が晋へすまなそうに眉を下げる。

「しかし亮馬さんや晋さんまであの人の殺害を計画されていたとは思ってもいませんでした。それを聞いてずいぶんと楽になったのだから、虫が良い話です。薫子も落ち着くでしょう。会長もご自分の先が長くないと、過去の清算に乗り出されたのかもしれない。そのため、我々の罪もこのあたりで明らかにされようとしたのではないか。我々を重荷から解放しようと」

晋は耕也の暴露にやはり狼狽えている所が見られた。実の姉まで殺人を企んでいたのだから、いきなり呑み込み、消化するのはたやすくないだろう。晋も企んでいたのだから非難できるわけもなく、仲間意識を強めるのも犯罪行為にまつわるので良識に反する。ただ対等であるとも言えるわけで、引け目は抱かずに済むといった心持ちだろうか。

疲労感も深そうに、晋は岩永に投げかける。

「どうなんだ、岩永嬢。相続人の罪は望み通り明らかとなった。これで茶番劇は終わりだろう?」

岩永は晋と対照的に明るく可憐に、涼しげに手をひとつ叩いた。

「終わりではありません。当時皆さんが何をされていようと、私は罪に問う気も懺悔《ざんげ》を聞く気もありません、とうに時効ですし。本質的な問題ではありません」

傍若無人《ぼうじゃくぶじん》だ。絶句している莉音達に岩永は構わない。

「音無会長は音無澄さんをどうやって殺したか。あくまでそれが、ここで求められている答えです。皆様の罪は些細《ささい》なことですよ」

この場にいる皆を追い詰め、罪を告白させておいて、まだ終わりではない。課題はそのまま、何ら変化がないとは。

「ならきみは、何のために我々に殺人計画を認めさせたんだ!」

晋が腰を上げ、激昂《げきこう》の声を出した。大グループの常務取締役が怒気を隠さないのである。大抵の者が震え上がり、首を縮めそうなものだ。

けれど岩永は泰然と足を組んでみせる。義足という足を、そうとは感じさせないほど柔らかく。

「晋さんと耕也さんはこの場に臨むにあたって、ご自身の罪をどう隠すか、あるいはどう弁明するかに腐心されるばかりで、解答の準備をろくにされていないでしょう。莉音さんは考えられて来たかもしれませんが、この場の何か隠し事がある雰囲気に、集中できなかったでしょう。だからそこを片付けないと始まらないと思いまして」

後ろに立つ九郎もこの事態に動じていない。晋に恐れをなしてもいない。岩永琴子に付き従っていれば、これくらい珍しくもないといった様子だ。幾分、そういう岩永に閉口している面持ちではあったが。

「判定役を任された身として、仕事をきちんとしないといけません。音無会長は、人の死によってうまくいったという過去の成功を正されたいのです。成功体験は時に人を害します。それで自滅もします。だから過去を正すことは必要なのです」

岩永はステッキをひとつ振って軽やかに宣言する。

「さて、音無会長はどうやって奥様を殺したか。答えはあります。よくお考えを」

時刻は午後三時をわずかに過ぎていた。

第五章　スリーピング・マーダー（後編）

岩永琴子は晋、耕也、莉音が退出し、むやみに広く感じられるスイートルームでひとつ伸びをした。三名とも気持ちを切り替えたくなったのだろう、相次いでここから出て行き、しばらく帰ってこない様子だった。

岩永は、とりあえず予定をこなせているな、とステッキで肩を叩く。皆がうまくこちらの望む反応をしてくれ、現在までは計算内に収まっている。

九郎ががらんとしたリビングスペースを歩き、椅子やテーブルの位置を元に戻しながら尋ねて来た。

「音無会長は、当時皆がそれぞれ殺人計画を立てていたと知ってるのか？」

岩永は首を横に振る。

「いいえ。私の独自情報と推測から揺さぶって、うまく口を割らせただけですよ。会長さんには思ってもみない事実ですね」

前もって岩永の狙いについて九郎に詳細を話していない。今回はあれこれ関係者を誘導する必要もあり、下手に九郎に予備知識があるとその態度で関係者の行動や思考が変わるおそれがあった。九郎を信用しないわけではないが、計算外を少しでも減らすため、大まかな方向性しか伝えていないのである。

「なら敢えて表に出す必要はなかったんじゃないか？　音無会長も明日になってそれらを知ったら驚かれるだろう。この課題で予想外のものを掘り出したんだから」

「妙な課題を出せば妙なことも起こるものです。まあ、そこは私から今日のうちに伝えておきますか。あと先ほども言った通り、表に出さないと皆さんも余計な思考に気を取られますし、ああした方が私の用意した『適切な偽の解決』へ導きやすくもなりますので」

「あの人達が解決を独自に作るのを待たないのか？」

最初から誘導するのはどうか、という意見らしいが、そんなものを待っていたらいつになるかわからない。こちらのスケジュールだってあるのだ。

「その方が楽ですから。用意した解決をイメージさせる鍵はそれなりにまいています。被害者の人となりや当時の状況についてもう少し示唆すれば完璧《かんぺき》ですが、やらずとも個々で気づいてくれるかもしれません」

流れは悪くないが、どうなるか。

「一番見込みの高いのが莉音さんですね。事件の当事者でなく、被害者を直接知らない分、今夜にも私の望んだ答えにたどり着くかもしれません」

莉音はスイートルームから退出し、ホテルの近くにあった庭園のベンチに座って父の亮馬と携帯電話で話していた。

岩永琴子に答えはあると言われても、なら音無会長が犯人として一から話し合いましょう、とすぐにその場が切り替わるわけもなかった。晋はわけがわからないとばかりに頭をかき回し、しばらく外に出て来る、と席を外した。耕也も、薫子にこの状況だけでも伝えるべきでしょうね、と携帯電話をポケットから取り出し、こちらも部屋を出て行った。精神的にもいったん部屋を出ないとやっていられなかったのだろう。

莉音も岩永とひとり向かい合うのは御免被るばかりだったので、私も外の空気を吸ってきます、と足早にスイートルームを後にした。そして亮馬にメールでこれまでの成り行きを簡潔に伝え、返信を待つことにした。晋が嘘をついているとは欠片《かけら》も感じなかったが、やはり亮馬本人からも確認を取っておきたい。

亮馬から電話が入ったのは庭園のベンチでペットボトルのお茶を飲みながらまだ明るい空を見上げていた午後五時を過ぎた頃だった。亮馬の店が昼の営業を終えて一度準備中の札を出した後、夜の開店に合わせた仕込みが一段落した時間だ。

「俺と晋の罪が明るみに出る覚悟はしていたが、そこで終わらないとはな。いや、薫子や耕也さんもとは驚きだった」

亮馬は他人事のようにそう言った。あるいはどういう感情を出せばいいか選びかねたので、そうするしかなかったのかもしれない。

「驚きだった、じゃなくて、そんな予感があるなら父さんがここに来れば良かったのに。お祖父様を殺人犯にする課題なんてのもどうかしてるのに、父や叔父や叔母がお祖母様を殺す計画を立ててたなんて知るとか、夏休み明けに重いよ」

その祖母をさして知らず、二十三年前の話とあって莉音はそれほど重くは受け止めていないし、岩永琴子の存在を前にしては受け止めるだけ馬鹿馬鹿しいといった境地に達しつつあったが。

電話の向こうで亮馬が嘆息する。

「すまなかったな。俺にも迷いがあった。その過去は死ぬまで隠すしかないと思っていたが、お前や父さんに知られた方が楽になれるとも思っていた。だからお前がそれを見つけるか、父さんが告発するならそれで良かった。自分で語るのだけは避けたかったんだ」

「ああ、うん。晋叔父様も岩永琴子に追い込まれるみたいに告白したから、相当に抵抗あったろうと思うよ。気持ちはわかる。怒るつもりもない」

職人気質で背を丸めるのを嫌い、退くのは名折れとばかりの父にも弱さがあったというのはかえってほっとする所もある。殺人を計画していた過去をいっさい恥じない方が人間として難があるだろう。

亮馬はそんな娘の反応が気になったようだ。

「父親が祖母を殺そうとしていたのに、お前はやけにあっさりしてるな」

あまりにさばけた声に聞こえたのかもしれない。亮馬にすれば、娘が父親のその過去にいっさい嫌悪や動揺がないのを難ありと感じたのだろう。同じことを莉音が亮馬に言った憶えもある。

「やっぱり私、お祖母様がどういう人かうまく想像できないのよ。だからリアルに受け止められないっていうか。凄《すご》い人というのは聞いてる、音無グループを現在の規模にしたっていう偉業もわかる。反対する者は許さず、父さん達の将来を支配しようとし、周囲の言うことも聞かなかった独裁者なんて評価も聞いた。それが危険視されていて、息子や娘や夫から殺すのを企まれてたくらい、問題のある人だとも」

できれば近くにいて欲しくない人物だろう。

「なのになぜか、父さんや晋叔父様、耕也叔父さんにお祖父様からも、お祖母様を語る時に憎んでいる雰囲気を感じないの。もう亡くなったから気持ちの整理がついてるだけかもしれないけど、皆、殺したかったほどの負の感情が薄いっていうか。だからその過去が真に迫って来ない所もある」

だから殺人計画が立て続けに明らかになってもまだどこかフィクションの世界の話を聞

いている感覚なのかもしれない。

「そうだな。当時はそれなりに恨んだし、憎しみもあった。あの人が生きていれば俺のやりたい道に進めない、その上音無グループすらおしまいになる。息子の意志や幸せを考えず、グループの未来も顧みない暴君、判断力も自制心もないわがままな母親と思った。あの人がいれば全て台無しになる。当時、晋や薫子も同じことを言っていたよ。あの人の評価に関しては、三人とも一致していた」

亮馬は莉音の意見に、自身の殺意をきちんと語ろうとしていた。何もそんな気分が落ち込むだけの負の感情をきちんと伝えようとしなくても、と莉音は止めかけたが、亮馬はそういうつもりではないらしい。

亮馬は音無澄の真実を伝えようとしていたのだ。

「だがあの人が亡くなり、大分経ってからわかるようになった。晋も薫子も、耕也さんもわかっているだろう。あの人は周囲の意見を聞かない暴君だったわけでも俺達の幸せを考えていなかったわけでもない。あの人も犠牲者なんだ。ただ決められたこと、命じられたことをその通りやっていただけに過ぎなかった。あの人はそれが最善だと信じていただけなんだよ」

莉音はそう説明されてもまるで腑に落ちない。大グループのワンマン経営者、グループを大きくした功労者、そのトップにあった人を説明する内容ではないだろう。正反対だ。

誰の命令にも従わないから独裁者ではないか。

「命じられたって、誰に?」

「あの人の父親、伝次郎氏だ」

亮馬の声に少しだけ憎しみと取れるものが混じっていた。澄を語る時にはいっさいなかったものが。

伝次郎、莉音にとっては曾祖父《そうそふ》に当たる人だ。この人物になると莉音は写真を見た記憶すらない。グループの基礎となる会社を作った人物なのだろうが、それほどの力や存在を感じない。

相槌の打ち方に迷う莉音をよそに、電話の向こうで亮馬は続ける。

「音無グループを大きくしたのは母さん、音無澄だ。だがそうするよう命じたのは伝次郎氏で、その詳しい計画や方針を生前に立て、娘に託していた。音無澄という人はそれに従って突き進んでいたに過ぎない。無論、その実現にはあの人の才能や努力もあったろうが、未来図を描いたのは伝次郎氏だ」

「でも後継者が先代の指針に従うのは普通じゃない?」

「その指針が行き過ぎたものなら別だ。だいたいあの人と父さん、お前の祖父の剛一との結婚も伝次郎氏が決めたことで、あの人はそれに従っただけなんだぞ。二人の間に恋愛関係はなく、見合いといった段取りもなかったそうだ。ただ伝次郎氏が父さんを気に入り、こいつは将来役に立つから婿にする、と母さんの意志も聞かずに決めたんだ」

「それは、横暴過ぎるか」

「家の方針に基づいた結婚は昔からあるし、子どもの頃に相手が決められる時代もあった。珍しいというものではない。古い考え方ではあるが、間違いとは言い切れない。ただこの一点だけでも、あの人が自分勝手で独裁的ではなく、伝次郎氏に従っていたとわかるだろう」

現代の基準では横暴でも、自由恋愛が当然になったのはつい最近で、今でも階級を大事にする価値観が幅を利かせている社会はあるだろう。澄もそのルール内にあったという事実は莉音の祖母へのイメージを大きく修正させて来る。

「グループのためには子どもは何人必要で、その子ども達にグループをどう継がせるか、どんな結婚相手を選べばいいかも、伝次郎氏の意に即した決定を母さんはしていた。それくらい、伝次郎氏のグループ戦略、望む方向性は具体的だったんだ。だから俺は長男としてグループを継ぐよう言われ、晋は俺の補佐に徹するよう命じられ、薫子は良い家柄の男と結婚しなければならないと、耕也さんと別れさせようとした。あの人にとってはそれが俺達にとって一番幸せ、グループの未来のためになることだったんだ」

亮馬の澄を語る調子が、明らかに同情的なものに変わり出していた。

「これの怖いのはな、あの人が生きている時、それで全てうまくいっていたことなんだ。

グループは伝次郎氏が亡くなる前に描いた図面通り、拡大路線で順調に発展していた。伝次郎氏の選んだ夫は非常に優秀で、あの人の補佐として完全な仕事をこなした。現在でもグループ会長を務め、その手堅さは政財界で一目も二目も置かれているくらいだからな。俺も晋も薫子もあの人が満足する子どもとして育っていた。俺も晋も仕事はできたし、薫子も令嬢としてどこに出しても恥ずかしくない教養と作法を身につけていた」

加えて言えば、莉音の目から見て父も叔父も叔母も容姿に恵まれている。いっそう無《む》謬《びゅう》性《せい》を感じさせる。

「あの人は、音無澄という人は、子どもの頃から伝次郎氏に従い、それでずっとうまくいっていた。逆らう者、抵抗する者を排除し、潰していっていっそうスムーズに事が進んだ。批判は負け犬の遠吠《とおぼ》えにしかならなかった。成功の連続だった。半世紀以上、伝次郎氏に従って成功を続けて来た人が、その命令からいきなり外れられるか？　自分の意志で伝次郎氏の命令を間違いと判断し、背いたりできるか？　まだ明らかな失敗や間違いが出ていないにもかかわらずだ」

莉音もわかって来た。なぜ亮馬が澄を犠牲者と言ったのか。

「それは、とんでもない勇気がいるだろうね。たとえ失敗や間違いが目の前で証明されても信じられないかもしれない。信じたら、自分のこれまでの価値観全部を否定しかねないもの」

「ああ、あの人は伝次郎氏のあやつり人形だったんだ。頭もいいし商才も飛び抜けていたし、経営の手腕も一流だった。だからグループの拡大路線が危うい段階にあったのも気づけたろうし、子ども達にはそれぞれ意志があり、幸せの形もそれぞれだってわかったろう。でもそれを認め、方針を変えるのは、伝次郎氏に逆らうことだった。それまでの成功法則を捨てることだった」

息苦しくなる話だった。成功が首を絞めてしまうなんて。

「そしてあの人は捨てられなかった。それで破滅すると理屈が示しても、そんな恐ろしい、成功の保証のない選択はできなかった」

亮馬の声には、澄を憐れむ調子しかなかった。莉音もこれまで抱いていた支配者としての澄が、過去の成功に拘束され、追い立てられるように前に進んでいる姿でしか浮かばなくなった。

「成功し続けていたから、止まれなくなってたのか」

そう莉音は呟き、ふと引っかかる。似た表現を最近聞かなかったか。

亮馬が莉音の呟きに合わせるでもなく、悼むように認めた。

「だからあの人は、母さんはいい時に亡くなったんだ。あの時点で亡くなったから、自分の責任でグループが崩壊し、子ども達が不幸になるのを見ずに済んだ。あの人の一生がどれくらい幸せだったかはわからない。だが自分が信じて来たものに完膚《かんぷ》無きまでに裏切られるのに直面するのだけは避けられた。それは幸いと言うべきものだろう」

そこまで口にし、亮馬はこれはいかにも自己弁護的と感じてか、すぐこう付け加える。

「だからといって、俺があの人を殺そうとしたのを正当化するつもりはない。あの人を救うためだったなどと美化もしない。計画はただ俺の将来のためだった」

そこは父らしいと莉音は思う。やはり罪は罪として、責任転嫁も許さず、ずっと抱えて苦しんで来たのだろう。

「でもひとりでは計画を実行できなかったんだね。晋叔父様に協力を求めたなんて」

そこは父らしくない気がしたが、亮馬は言葉を濁しながら答える。

「俺はひとつのことに入り込むと周りが見えなくなる。あいつの方が常に冷静で、大局を見られる。計画に遺漏がないか、成功確率が低くないか、あいつの目が一番信用できたんだ。つまり俺にグループの経営は向いていない。もし俺がグループを継いでいたらやはりひどいものになってたろうな」

「それ、晋叔父様に直接言ってあげなよ。父さんへの劣等感が強いみたいだし」

「何度も言った。なのにまったく信用しない」

晋からすれば兄の謙遜、気遣いとしか受け取れなかったのだろう。

「もしかすると、叔父様や叔母様、父さんがお祖母様の支配に逆らえたのって、それだったからかもしれないね。皆、お祖母様が決めた場所では、自分がうまくやれてる、満足している気がしないから、自分なりの道を行こうって意志が勝ったのかもしれない」

「そうかもな。あの人の命令に従って成功を実感していれば、俺達も伝次郎氏のあやつり人形になっていたかもしれない」

亮馬は再び嘆息する。あるいは剛一が子ども達の意志を尊重するよう、それとなく介入して澄の影響を小さくしていたのかもしれない。成功を実感しなかったゆえに、亮馬達は助かった。

そこで莉音は思い出した。最近聞いた、澄の当時の状況を指す表現を。あの岩永琴子が言っていたのだ。

「そうだ、成功体験は時に人を害する、それで自滅もする、だ」

莉音がつい声に出してしまった内容に、亮馬が驚いた間を取った後、それに同意した。

「ああ、それが適切なまとめになるか」

莉音は半ば、亮馬の声を聞いていなかった。

これは偶然だろうか。岩永がつい先ほど述べた表現が、こうまで核心に当てはまるとは。まるで彼女は事件に対し、そこまで見通していたようではないか。

莉音の頭が急速に回り出す。もしやあの小さい令嬢は、ずっとヒントを出していたのではないだろうか。

全員にアリバイがある、全員が殺人計画を立てていた、計画殺人なら被害者に叫び声を上げさせない。それぞれが矛盾をはらみ、それぞれを殺人容疑から除外する要素だ。ゆえに、剛一が自分を犯人と言っても皆は困惑するしかなく、まともには考えられなかった。けれどこの仮説ならば。その要素が手掛かりならば。

「父さん、さっき言ったよね。お祖母様はいい時に亡くなったって」

「確かに言ったが、どうした？」

亮馬が莉音の声に異変を感じたのかそう問い返して来た。

莉音はまだはっきりと自分の閃きを形にできていなかったが、こう答えられはした。

「私、事件の真相がわかったかもしれない」

午後七時半過ぎ、莉音は再び晋と耕也にスイートルームに戻ってもらっていた。

亮馬との通話を終えた後、莉音は必死に考えた。仮説に不備がないか、見落としはないか。一時間以上、暗くなり始めるまで庭園のベンチに座り、それから場所を移しても考え、ようやく叔父達に集まってくれるよう連絡できた。

スイートルームの中で、晋、耕也、岩永は椅子やソファに座っている。九郎は変わらず衛兵のごとく岩永の後ろに控えている。莉音は席につかず、皆の視線を受ける形で窓を背にして部屋に立ち、彼女がたどり着いた答えを語ろうとしていた。

さながら法廷映画の弁護士か、ミステリ映画の探偵役、それらのクライマックスの主人公のごときであると感じるものの、高揚感はない。これは岩永琴子に導かれただけの場面とも感じているから。

晋と耕也は莉音を気遣い、心配する表情をしている。岩永は深く椅子に座り、莉音の手並みを拝見するといった微笑みをたたえている。九郎は感情を読みづらい、どこかぼんやりとした面持ちをしている。

「二十三年前のお祖母様の殺人事件、真相がわかったと思います。お祖母様は自殺したんです。だからお祖父様を含め、皆にアリバイがあったんです」

そう莉音がおもむろに結論から切り出すと、晋と耕也は意味が取れないといった反応をし、岩永と九郎はまるで動かなかった。

まず晋が声を上げた。

「莉音、母さんは自殺とはほど遠い所にいた人だ！　当時はまだ仕事も順調だったし、思うままに周りを支配していた人だぞ！　自殺する動機はない！」

「けれどじき仕事が行き詰まるのは見えていて、グループの崩壊は予期されていたんでしょう？　だから皆、お祖母様の殺害を計画していたんでは？　それに晋叔父様も耕也叔父さんも、お祖母様がそれまでの成功に追い詰められ、今さら止まれなくなっていたのを気づいておられるのでしょう？」

莉音は亮馬と話して知らされた澄の実情を示す。それだけで耕也は理解できたようであり、晋も重い息を吐いた。

「こちらも歳《とし》を取ったし、当時の状況にも違う見方ができる。だから今では憎しみも恨みもない。母さんも犠牲者とわかっている」

岩永からも詳細を求める声はなかったので、莉音は続ける。

「お祖母様に自殺する動機は十分ありました。お祖母様は優れた経営者であり、そのまま伝次郎氏の命令に従っていればグループは崩壊するとわかったでしょう。グループの崩壊は伝次郎氏の命令を裏切るもので、なんとしても避けなければなりません。でも命令に従わないのもまた、伝次郎氏への裏切りです。お祖母様にとってとてつもなく恐ろしいことでした。これまで命令に従って成功し続けていただけに、心理的に不可能でした」

莉音は主に晋と耕也に言う。

「その二律背反を解決する方法が自殺だったんです。音無グループを守り、お祖母様も恐怖を感じずに済む唯一の手段でした」

二人の叔父はその結論を咀嚼《そしゃく》するためかしばらく黙っていたが、晋が半信半疑そうに首を横に振った。

「いや、しかしあの母さんが自殺とは。確かにあの時、母さんがいなくなれば問題は全て解決すると思った。実際、全てうまくいった。母さん当人もそうと自覚していれば、自殺はあるかもしれない。だが、死ぬくらいなら伝次郎氏の命令に反する方が簡単とは考えられないか？」

莉音がどう納得してもらおうかと言葉を探していると、岩永が補いの説明を絶妙に入れて来る。

「追い詰められて極端な逃避に走るのはよくありますよ。仕事や人間関係のストレス、プレッシャーから自殺する例を数多く聞かれませんか？　周囲は後で、仕事を辞めれば良かったのに、人間関係を切れば良かったのに、と簡単に言いますが、当人からすると、責任感やそうした後の状況が怖くてできない。だから責任を逃れ、後のことも知らないで済む自殺が魅力的に映るんです。責任を分かち合い、後のことも相談できる人がいれば違ってきますが、澄さんにはそういう相手もいなかったのでは？」

そう問われると、晋は認めるしかないだろう。

「母さんは立場としては独裁者のそれだった。反対する者は排除し、忠言も聞かなかった。ひとりになるべくしてなってた。頼りの伝次郎氏もとうにいなかった」

莉音も肯く。

「あの時点での死は、お祖母様にとっても好都合だったんです。父も言っていました。あの人はいい時に亡くなった、幸いと言うべきものだと。なら自分で死を選ぶのが魅力的だったと言えます」

そこで遺書も用意し、自殺らしく亡くなっていればわかりやすかったが、そうはいかなかった。

「ただお祖母様に単純な自殺はできません。大グループの社長です。そんな立場の人間が自殺したとなれば、グループの醜聞です、イメージも悪くなるでしょう。表に出せない不祥事や負債があって、それを苦に自殺したのではと思われるかもしれません。その噂だけでも経営には大打撃となります。グループを守りたいお祖母様がそれを容認できるわけがありません。だから周りには自殺とわからないよう死ぬ必要がありました」

「だから他殺に見せかけて自殺したというのか？　強盗殺人を偽装して」

そう言う晋ももはや結論を受け入れかけているだろうし、手にある情報を組み上げていけば莉音が描いた事件の構図と同じものにたどり着けるだろうが、まだ心理的にそう思考を回せない口調だった。

莉音は自分の考えを述べていく。

「マッサージ店からの帰りはひとりであり、住宅地の夜の路上では周囲に人の目もありません。強盗に襲われても不自然ではない状況です。それは同時に自殺をしても気づかれない状況です。そこでお祖母様は誰も周りにおらず、遠くから歩いて来る人もいない時を見計らい、計画を実行しました」

三月の半ば、肌寒い時に暗がりで他殺に見せかける工作をしている祖母を頭に浮かべる。

「強盗がバッグを奪って財布から紙幣だけを抜き取って逃げたと思わせるため、あらかじめ紙幣を残らず抜いて処分しておいた財布と口を開けたバッグを少し離れた所に捨て、隠し持っていたサバイバルナイフを握ります」

「ナイフの柄に指紋はついていなかったのでは？」

耕也から問われた。澄は手袋はしておらず、そのまま握れば指紋がつき、刺した後で拭き取る時間も力もなかったろうが、特別な道具や方法はいらない。手袋をしていてもおかしくない時候であったが、していないことでいっそう自殺の気配を消そうとしていたのだろう。

「身につけている上着の裾《すそ》を持ち上げて柄を覆《おお》い、その上から握れば指紋はつきません。そうやって自分で胸を刺し、手を離せば、上着の裾はナイフから外れ、その工作の痕跡《こんせき》もなくなります」

莉音はスイートルームの備品としてあったボールペンを手にし、その一部分を着ているシャツの部分で覆って握り、胸を刺す動作をした。柄に裾をきつく巻き付けたりしなければ、手を離すだけで裾は柄から外れる。澄の胸にナイフは刺さったままになっていたため、そのまますぐに倒れでもしなければ、裾はするりと柄から外れ落ちるだろう。

「さらにお祖母様は他殺であると印象づけるため、最期に叫んでみせました。『泥棒！

あの男！　誰か、あの黒い上着の男を捕まえなさい！　駅の方！』と。これでいっそう自殺と疑う者はいなくなります」

逆らう者に容赦しなかったという祖母らしい、致命傷を負っても犯人を逃すまいとする執念を感じさせる叫びだ。それだけに偽装を疑わせにくい。この最期の言葉が真相を隠す強力な偽の手掛かりだったかもしれない。

「これでお祖母様の目的はほぼ達せられましたが、他殺に見せかければどうしても警察が捜査をします。そこでグループの関係者に濃い容疑がかかっては、やはり企業イメージを落とすでしょう。夫や子ども達が犯人扱いされればその影響は計り知れません。そのため、お祖母様は関係者に容疑がかからない、皆にアリバイがあるだろう時間に自殺しました」

剛一が皆を気遣ってアリバイがある時間帯に犯行を決められたなら、澄も同じ発想をし、同じことができておかしくない。

晋と耕也が莉音の仮説の妥当性を測る顔になっている。

「確かにそれだと辻褄が合う。だが母さんが自殺したなら、父さんはなぜ自分が犯人であるなんて言うんだ？」

この集まりのそもそもの始まりに晋は矛盾を見たようだ。それなら償うべき罪がないと言え、剛一は妙な課題を出さなかったろう。

「お祖父様はお祖母様が自殺するよう巧妙に、計画的に誘導したのではないでしょうか。自殺が最善と思わせる材料をわざと、それとなく示していくことで。そしてお祖父様はお祖母様が自殺を決断するに値する、最後の一押しとなる情報を教えた確信があるのではないでしょうか」

莉音はこの想像がどこまで当たっているか、剛一が手を汚さずに目的を達成するため、そこまで緻密《ちみつ》に立ち回ったか、あまり突き詰めたくはなかった。もしかすると剛一は意図せずして澄に自殺の決定打を示してしまったかもしれない。その無思慮を償いたかったのかもしれない。

耕也が愕然《がくぜん》とした風に言う。

「そうか。子ども達全員が自分の殺害計画を立てているという事実は、自殺を決意する決定打になるか！」

晋がその指摘に奥歯を嚙みしめる音をさせた。ここで、皆がバラバラに行っていた計画が大きな意味を持って来た。

「自分がグループを崩壊させる原因になる予感の上に、子ども達の幸せを信じてやっていたことが完全に裏目に出ているのにまで気づけば、自殺の決意はすぐかもしれません。何しろ子ども達全員に殺意を抱かれているんです。これをお祖父様がわざと気づかせたなら、お祖母様を殺した犯人はお祖父様と言えるでしょう」

莉音は冷房の効いた部屋の中でにじみ出した汗を拭った。この告発はすべきでなかったかもしれないが、避けられるものでもなかった。

晋が呟く。

「言い換えれば、私や兄さん、薫子姉さんに耕也さんも母さんを殺すのに手を貸したというわけか」

そうとも解釈できる。澄の背中を直接押したのは剛一かもしれないが、押す材料を提供したのは亮馬や薫子や晋、耕也だと。

すると岩永が微笑んでその見解を否定する。

「どうでしょう。皆さん当時、殺害計画は慎重に、秘密裡《ひみつり》に進めておられたはずです。いくら会長でもそれに気づけたかどうか。単に澄さんを自殺に追い込むため、あたかも子ども達が殺害を計画していると思わせる偽の証拠を作って示したかもしれません。その嘘が、偶然真実と合致していただけとする方が自然でしょう」

そう言われればそうとも言える。ただ偶然であっても殺人を企んでいたのだから、罪は罪であろう。

晋が岩永に皮肉そうに返した。

「ずいぶんと優しいな。だが私達にもやはり責任はある。父さんだけに背負わせるべきでもない」

晋の中で、この莉音の仮説が真実として認められたようだ。

岩永は敬意を表する風に頭を下げた後、莉音を見遣る。

莉音はそれに合わせて口を開いた。

「これが真相かどうか、証拠はありません。お祖母様も証拠が残らないよう、細心の注意を払われたでしょう。密かに遺書を残すといった未練がましいことをしたとも考えにくい。遺書を残せる相手がいれば、その人と話し合い、支えを得られたかもしれません。そんな相手がいなかったから、お祖母様は自殺するしかなかった」

つまりこれらはまだ仮説の域を出ていない。けれど剛一の言動からすれば、当時同じことがあったと考えた方が筋が通る。

「岩永さんの言っていた通り、この真相はお祖父様から直接話されてもなかなか納得できなかったでしょう。お祖父様を犯人と考え、皆がお祖母様の殺害を計画していた状況を知り、当時お祖母様が置かれていた立場まで客観視できなければとても信じられない内容です」

莉音は岩永に歩み寄り、その小さな姿を見下ろした。

「あなたはお祖父様に頼まれ、私達をこの真相へ誘導していたのではないですか？」

「音無会長はその必要性を感じておられませんでしたよ？」

岩永はそう穏やかに答えたが、暗に認めたと取れなくもない。いけ好かない令嬢ではあるが、莉音ごときでは太刀打ちできない相手と痛感している。

岩永は莉音を前にしたまま、晋と耕也に問うた。

「お二人は莉音さんの解答に賛成されますか？　ならこれを最終解答とし、明日正午、音無会長に伝えるものとしますが」

晋と耕也は疲労の色を露わにしてはいたが、張りのある声で返した。

「これ以上の答えはないだろう」

「私も同じく」

岩永はにこりとし、次に莉音も含めて尋ねて来る。

「では遺産相続の優先権はどうします？　この解答を作成したのは莉音さんですが、最初の取り決め通り、貢献度は耕也さん、晋さん、莉音さんの順で構いませんか？」

談合ではそうなっていたが、岩永のその提案自体、策略の意図があった。守る意味があるだろうか。

晋が忌々しげに応じる。

「母親を殺そうとしていた身で、今さらどんな顔で遺産を優先的に欲しいと言える？」

「薫子も同じだろう。これで優先権を寄越せと言えるほど面の皮が厚ければ、この課題に怯えもしなかった」

耕也はまだ紳士的だったが、岩永に苛立った風に答える。莉音もおおむね、二人の意見に従うところだ。

「優先権とか今さらいります？　お祖父様が適切に分けられればいいですよ」

岩永は満足そうに髪を揺らした。

「ではそう会長に求めましょう。莉音さん、明日この解答を直接会長に伝えられますか？　私が代わりに伝えても構いませんが」

その方が二度手間にならず済むが、莉音は断る。

「私が直接話します。あなたに任せると悪意を盛って語られそうなので」

嫌味のつもりはなかったが、本音を口に出したらそうなった。

岩永は気を悪くするどころか、そんな莉音を好ましげに見上げてこんなことを言う。

「『リオン』とはいい響きの名ですね。リスとライオンを合わせたようで、あなたらしい可愛らしさと勇ましさを感じます」

ここに及んでそんなどうでもいいことを。岩永なりに場の空気を和ませようとしたのだろうか。

莉音はせっかくだが岩永の分析を否定した。

「なぜそんな変な解釈するかな。英語のライオンのスペル、ＬＩＯＮをローマ字読みしているだけだから」

父がそういう由来でつけたと聞いている。リスとライオンを合わせるとは、この令嬢の思考回路はどうなっているのか。また莉音本人がリスの要素を除いたので、自分は可愛げのない勇ましいだけの女性と言わされたようなのも面白くない。

晋が苦笑で口を挟んだ。

「兄さんは昔からライオンが好きだからな。男の子だったら『レオ』と名づけていたよ」

そこは聞いていないが、いかにもありそうだ。

耕也が端《はし》からそれを混ぜ返して来る。

「亮馬さんをそれだけ理解されているんです、この機会に和解されたらどうです?」

晋はわずかに頬を強張らせたが、もっともな忠言だとしないわけにはいかなかったのか、あきらめの吐息とともに手を上げた。

「考えておきましょう。その前に、母さんの墓参りです。恨みも憎しみもほとんど消えているし、母さんも犠牲者だと前からわかってはいた。疎かにしたことはないが、母は母なりに守るべきものを守ろうとしたのを認めていなかった。それを踏まえて心から弔《とむら》わないと」

耕也も賛意を示すように肯き、

「これは薫子にもすぐ伝えないといけないか。でも明日、会長から確証を得てからの方がいいか?」

と呟いた。莉音も父の亮馬に彼女が導いた答えを伝えねばならなかったが、耕也と同じく明日、剛一にこの仮説に対する評価を聞いてからにした方がいいだろう。

岩永は謎めいた微笑みを浮かべ、莉音達の様子を観察する目でどこか不穏に、静かに座っていた。


翌日、九月四日、日曜。正午前から莉音はスイートルームで剛一に、昨日語った音無澄の死について語り直していた。その場には晋に耕也、岩永と九郎もいる。

莉音は席を立ち、椅子に座る剛一から少し離れ、感情をできる限り抑制して、剛一が子ども達の殺人計画まで踏まえ、澄を自殺へと誘導したと結論づけた。

「これが私達の解答です。お祖父様、いかがですか？」

剛一は莉音の解答を聞いている間、ずっと目を閉じていた。内容について反応はなく、晋も耕也もずっと緊張の面持ちでいる。この場で気楽そうなのは岩永と九郎くらいだった。ひょっとすると岩永は、昨晩のうちに剛一に内容を伝えておいたのかもしれない。

剛一が目を開き、安堵のものと取れる息を吐いた。

「もっと早く、この機会を設けるべきだったよ。亮馬に晋、薫子に耕也君、皆にこれまで過分な罪悪感を抱かせてしまっていたようだ」

莉音は固唾《かたず》を呑んで祖父の言葉を待った。

剛一は肯く。

「この解答は是である。ただ私はお前達が澄さんを殺害する計画を立てていたのは知らなかった。そこは偶然だ」

この発言に莉音も晋も、耕也までも涼しい顔でいる岩永を思わず見ていた。岩永は剛一も知らなかった事実まで見通し、昨日それらを明るみに出したのか。

剛一は柔和に微笑む。

「しかしお前達に先んじて澄さんを亡きものとする計画を実行しておいて良かった。お前達にその手で母親を殺させるのだけは避けられたのだから」

晋が首を横に振った。

「それでも私や兄さん、薫子姉さんや耕也さんに罪があるのは確かです。もはや法で裁けるものではありませんし、証拠もありませんが。そして母さんも父さんを恨んではいないでしょう。あの時は、皆そうするしかなかったんです。だからといって償いから逃れられるものではありませんが」

「誰もが誰かを殺したくなることはある。凶器を手に迫ることもあるだろう。だが最後の一線を越えると越えないとでは大きな差がある。澄さんへの罪は私が背負う。お前達は私の死に様を見届けてくれればいい」

剛一は次男をそう諭《さと》し、満足げに開示する。

「皆には伏せていたが、私はとうに悪性の腫瘍にやられていてな。半年もすれば立つこともままならず、激痛に襲われてやがてひどい有様《ありさま》で死ぬと診断されている」

晋と耕也はその宣告に取り乱したが、莉音はどこかそんな予感があり、唇を固く結んで耐えた。明確な死期を知ったから、罪を清算する儀式を行おうとしたともっと早く気づくべきだったかもしれない。

剛一は晋と耕也を落ち着かせるためか片手を前に出し、それから厳しい目になって腹の据わった声で言う。

「この病と痛みこそ私が澄さんを殺した代償だ。痛みを和らげる治療も尊厳死も選ばない。最期までそれらを身に受けよう。ひとたび人を殺さば相応の報いがある。人を殺して全てがうまくいったとしても、やはり報いはあるのだ。その罪の上の成功をゆめゆめ当然としてはならない」

剛一はそれこそ伝えたかったのかもしれない。成功体験によって滅ばないよう、人を殺して無事済まないと身をもって伝えるべく、己の罪を子ども達に知らしめたかったのだ。音無グループが澄の死によってうまくいった、という実績に、今後間違った選択をしないよう楔《くさび》を打ちたかったのかもしれない。

誰かの死で問題を解決しても、最期には因果応報の剣が落ちて来ると。

莉音達が剛一の言葉に沈んでいる中、岩永が能天気なまでに軽快な声でこの場を進行させる。

「遺産相続の優先権は皆さん放棄されるそうです。解答の一番の功労者は莉音さんですが、遺産は音無会長が良いように配分されればと」

「欲がないことだな」

剛一が朗らかに笑い、岩永がばっさりと返す。

「いえ、正常な判断かと」

莉音としてはこの令嬢に正常と異常を分けられたくないものだ。この状況で剛一にこういった口の利き方ができるだけでも、岩永はまともではない。

剛一が岩永へねぎらいを向けた。

「琴子さん、きみに頼んで良かった。一番の功労者はきみだろう。礼を言うよ」

すると岩永は目を細め、剛一を制する。

「礼を言われるのはまだ尚早かと」

落ち着いた口調だった。剛一が不可解そうにしている。莉音も、晋と耕也も似た表情をしていたろう。

「会長がその手で直接奥様を殺されていたら、私が余計な口出しをする必要もありませんでした。けれど会長は特異な方法を取られました。それが是ではなかったと今少し認識されるべきです」

岩永はその場に戸惑いが漂う中、淡々と重ねる。

「会長は今、その方法を取られて良かったと思われています。先ほどおっしゃった通り、子ども達に母を殺させずに済んだから。それではかつての成功を、その選択を悔いたことにはならないでしょう」

そこで岩永が突然、莉音に尋ねた。

「莉音さん、あなたは音無澄さんは他殺に見せかけて自殺されたとしました。ではなぜ澄さんは自身の自殺を隠すのに、事故死に見せかける方法を選ばなかったのでしょう？　物を拾おうとしてうっかり車道に飛び出してしまった、足を滑《すべ》らせて駅のホームから線路に転落してしまった、当人がその気になって動けば、周囲にそう見せかけるのは簡単です。よほどでなければ自殺を疑われない人物が多少不自然でもそうして亡くなれば、事故として処理されるでしょう」

莉音は、今さらそんな重箱の隅《すみ》をつついてどんな意味があるのか、と言い返そうとしたが、岩永の指摘はもっともだった。適当な反論が出てこない。

ためらう間にも岩永が追及して来る。

「そうすれば警察の捜査もろくに行われず、関係者のアリバイも気にしなくていい。しかし他殺とされる状況では警察は本格的に動きますし、関係者のアリバイも問われます。実際、危うく薫子さんのアリバイは無くなり、骨折がなければ容疑が残っていたところでした。また警察の捜査次第では偽装を見抜かれる危険性まで生じます。このように他殺の偽装はリスクが高いばかりです。すなわち澄さんが自身の自殺を隠すのに、他殺の偽装という方法を選ぶはずがないんです」

岩永は椅子から立ち上がり、まさに映画のクライマックス、法廷劇の弁護士が、謎解きを行う名探偵がするように、ステッキを突きながら部屋を歩き、皆を見渡せる位置に立つ。

「つまり他殺の偽装は行われなかった、音無澄さんは自殺ではなかったんです。あれはやはり殺人だったのです」

剛一が目を見開き、晋と耕也が腰を浮かせている。莉音は言葉を失ってそんな状況を見ていたが、九郎がゆっくり岩永の傍らに移動する。

岩永は宣言した。

「では真犯人を指摘するとしましょう」

岩永琴子はようやくここまで来れたか、と晴れ晴れとした気分だった。九郎を除く他の面々は呆気に取られ、いったい何が起こっているのか、といった驚きとも恐れともつかない表情でいるが、全て岩永の予定通りだった。

本来なら求めに応じ、剛一を犯人とする偽の解決をでっち上げ、うまく周りを納得させれば済むはずだったのだが、この件には大きなイレギュラーがあった。最初に話を聞いた段階で、岩永はその可能性に気づいていた。

そしてかつて剛一と取引した妖狐の吹雪への尋問でそれを確かめたのである。

先月、夜の山中、十匹ばかりの同族に囲まれ、縄で縛られ跪かされた吹雪に岩永はこう問うた。

「剛一氏との取引が事実と確認は取れた。けれど一点疑問がある。吹雪、なぜお前は音無澄さんを殺すのに、事故死や病死に見える方法を選ばなかった？　人が人を殺すなら、事故死や病死に見せかけるのは難しいかもしれない。けれど妖力《ようりょく》を持ち、様々なものに化ける能力もあるお前ならそれくらいできたろう」

岩永はうなだれている吹雪に事務的に続けた。

「お前は剛一氏に『お前やお前の家族に疑いがかからぬように』殺すと約束した。しかし殺す時にそれらの人が容疑から外れるようにするのは楽ではない。全員にアリバイを成立させるにしても、その行動予定を全て調べ上げなければならない。なら事故死や病死に見せかけるのが最も楽で安全なはず」

答えはわかっていたが、岩永は理をもって妖狐の吹雪に自白を求めた。

「お前は音無澄さんを殺していないな。自分で殺したふりをして剛一氏に報告し、取引の代価をせしめた。殺していないからといって同族への罪が軽くなるわけではないが、正直に語ればいくらか私も口添えがしやすい」

吹雪はとうに降参し、抵抗するつもりもなかったろうから、平伏《ひれふ》して白状した。

「ご慧眼《けいがん》です、おひいさま。当方はその女を殺しておりません。けれど最初からあの剛一という人間を騙すつもりはなかったのです」

吹雪は悔しげにそうなった顚末を語り出す。

「当方はあの宵、澄という女を殺すべく、野良犬に化けてそっと近づこうとしておりました。取引の日からずっとあの女を狙っておりましたが、ひとりになるのはその時が初めてで、これを逃すと次はいつになるか、と気合を入れておりました。当方の計画では野良犬に化けてあの女を襲い、逃げるのを追いかけ、周りに目撃者が多数いる所でその喉《のど》を嚙み切る、もしくは道路に追い立て、うまく車に轢かせてやろうとしておりました。道端《みちばた》に立っている時に犬の姿で後ろからぶつかり、車道に転がすのもいいとも企んでおりました」

「うん、それなら約束通りになるな」

荒っぽさはあるが、警察に疑念を抱かれる事件にはならない。捜査らしい捜査もされない事故になる。

「なのに何ということでしょう。あの女は当方の目の前で、待ち伏せしていた人間に刺し殺されたのです。その犯人はあの女の死を確かめるとバッグや財布をそばに散らし、あっという間に逃げてしまいました。当方は慌てました。下手をすればあの男との取引が台無しになる。慌てながらも犯人が十分に逃げたのを見計らい、澄という女の声を真似て叫びを上げ、周りの注意を引きました」

「『泥棒！　あの男！　誰か、あの黒い上着の男を捕まえなさい！　駅の方！』というやつか。あれは被害者ではなく、お前の仕業だったのか」

「はい。あの女は胸をひと突きされた時にはもう虫の息で、さらにもう一度刺されたのですからそんな力はとても。ともかく当方は叫び声を出すや、すぐ野良猫に化け、闇に潜みましたので、誰にも怪しまれません。しばらく様子をうかがいましたが、犯人が捕まりそうな証拠や手掛かりもなさそうで、じき退散しました」

岩永はまた考慮しないといけない要素が出て来たのに、少し気が重くなったものだ。妖狐が現場で偽装工作を行っていたとは、後々辻褄合わせで力技がいるかもしれないと。

吹雪は岩永の心証を良くしようとばかりに当時の事情を残らず話していった。

「当方が殺しておらずとも、狙った相手が死んだのは事実。犯人もまさか名乗り出はしない。なら当方がやったとあの男に告げても構わない、と約束を守るよう求めに参りました。当方もあの男の身内に容疑がかからぬよう精一杯の努力はしたわけで、不誠実な要求ではありません」

「つまりお前は犯人の顔を見、それが誰かもわかっていた。だからこそ犯人をかばう必要があり、被害者のふりをしてあの叫びを周りに聞かせねばならなかったと」

「はい、それなりの下調べはしましたので、犯人が誰か見分けがつきました。ゆえにあの叫びで犯人は『男』と周りに思わせようとした次第で」

ここは手っ取り早い。複雑な推理もいらず、犯人が誰かわかる。岩永はすでに犯人の名に見当がついていたが、敢えて吹雪に促す。

「では犯人は？」

「あの男の娘、薫子とかいう名の女でございます」

吹雪はまぎれもなくそう言った。犯人が女だから、吹雪は犯人が男だと周りに誤認させようとしたのだ。

かくて岩永は、剛一すら知らない真実を手に昨日からの会合に臨んでいたのである。ただ真犯人はわかっていても、これは全て妖狐の証言によるものであり、むやみに表に出すわけにもいかない。一般的にこれを証拠として認める者は少ないだろうし、剛一とて信じるには時間がかかりそうだ。

だから搦《から》め手《て》で真実を明るみに出そうと、迂遠《うえん》な手続きを踏んでいたのだ。

岩永はこの展開に反応し切れていない剛一、晋、耕也、莉音に悠然と真相を伝える。

「真犯人は薫子さんです。薫子さんに犯行は不可能とされていましたが、昨日話した通り、骨折した時間を誤認させる工作で可能になります。あれを本当に行って成功させており、澄さんを殺害していたのです」

剛一や晋、莉音がまだ自失状態から戻っていない中、耕也だけが意志のある瞳で額に汗を浮かべていた。

岩永はその耕也に語りかける。

「薫子さんは澄さんがマッサージ店から駅へ向かう道で待ち伏せし、『耕也さんとの関係で相談がある、こうでもしないと二人きりで話せないから』とでも言って近づいたのでしょう。澄さんも実の娘ですし、暗く人気がないといえ、こういう所で待ち伏せでもしないと自分と内密な話はできないか、と怪しまず接近を許したでしょう」

娘は自分に従うのが当然、それが幸せであり、反抗していてもじき理解するだろうと考えていた澄は、薫子の殺意にまるで気づかなかったかもしれない。

「まだ肌寒い時でしたから、ナイフに指紋をつけないために薫子さんが手袋をしていても澄さんに不審がられなかったでしょう。その隙に薫子さんは隠し持ったナイフで澄さんの胸を突き刺し、声を上げられないよう口を塞ぎ、とどめとばかりもう一度突き刺しました。澄さんはそこに倒れるしかありません。いくら合気道の有段者であっても、これは油断して殺されようというものです」

岩永はステッキをナイフに模《も》し、刺す動作をしてみせる。

「そしてすぐ薫子さんはそれを強盗殺人に見せかけるため、バッグから財布を取り出し、紙幣だけを抜いて後は放り出して逃げました。三十秒とかからなかったでしょう」

ここで凝然とソファに座る耕也に問いかけた。

「耕也さん、あなたも薫子さんの犯行をご存知でしょう？　私に骨折の工作を見抜かれた時も下手に否定せず、それを計画していたと認めつつ実際には失敗したと言い繕ったのは見事です。音無会長の課題には薫子さんの殺人を明るみに出す意図があるのでは、と疑っておられたから、いくらか対応策は考えておられたでしょうが」

隠し事を増やすと隙を作りやすい。だから耕也はあそこで踏み込み、活路を得ようとしたのだろう。

「耕也さんと薫子さんの立場からすれば、音無会長の今回の企みはずっと恐怖でしかなかったでしょう。会長は自分の罪を皆に知ってもらう意図しかありませんでしたが、お二人は二十三年もの時を経て、自分達を私的に裁こうとしているとしか感じられません。『お前達に誰が母親を殺したか、真実を知ってもらい、その罪の報いはきちんと受けるものだと見せたいだけだ』といった発言もそれらしく聞こえます」

真犯人にすれば、最後通告にも取れるだろう。

「けれどまだ、会長はまったく別の意図があってこの課題を出した可能性もあります。だから耕也さんはひたすら様子をうかがっていました。すると亮馬さんと晋さんの殺人計画が暴露され、風向きが妙になって来た。そこで私が自分達にも疑いを向けているのを察すると、わざとそれを認めてみせた。仮に計画を立てていた証拠を会長に握られていても、未遂だったと言い逃れができます。そうすることで、音無会長がどれくらい真実をつかんでいるか測ろうともしたのでしょう」

耕也は反論せず、岩永から視線を外さず口を閉じてこれらの推察を聞いている。頭の中では懸命に対応策を探っているだろう。

岩永はこれまでの流れとその裏にあった事実を露わにすることで、耕也の気力を少しずつ削っていた。最初からそれだけを狙っていたくらいだ。

「やがて莉音さんが音無会長を犯人とする仮説を提示しました。ここで耕也さんは、音無会長が本当にその仮説の計画を実行されており、それが結果を出す前に自分達が澄さんを殺したのでは、と思われたでしょう。亮馬さんと晋さんの計画が未遂に終わったように、たまたま三者の計画が同時に進行していたため、こんな奇怪な状況になったと。音無会長は自身の計画が達成されたと思い込んでいると」

追い詰められていると都合の良い解釈について、すがってしまうものだ。

「よってこの課題は音無会長が本当に自身の罪を償われようとしているだけと判断し、昨晩はいくらか落ち着かれたと思います。薫子さんにもそう連絡されたでしょう」

無論、岩永は耕也には見えない浮遊霊をそばにつけておき、薫子と密かに連絡を取っていた際の遣り取りを盗み聞きさせていた。これも胸を張って出せる証拠ではないが、その事実を指摘することで、耕也の気力をさらに削る材料にできる。昨晩落ち着き、幾分か気も緩《ゆる》んだ所にこの不意打ちは、いっそう精神に応えたろう。

「そして今日、音無会長は自分の計画を認められ、耕也さんはこのまま会長に罪を背負ってもらおうとされました。薫子さんともそう打ち合わせされたのでしょう。もしあなたが会長を遮り、薫子さんの罪を認められていれば、私がこうして話す必要もなかったのですが」

少しだけ岩永は耕也を憐れんだ。それを言うなら剛一が岩永を引っ張り出さねば、こんな展開にはならなかった。

「音無会長は言われました。『ひとたび人を殺さば相応の報いがある。人を殺して全てがうまくいったとしても、やはり報いはあるのだ』と。それを聞いてなおあなたが黙っておられるとなれば、私が真実を告げねばなりません。何より音無会長の信念のために」

岩永はそこで、目と動作で耕也に発言なり行動なりを促した。

剛一と晋と莉音はようやく事態が呑み込めたのか顔を青ざめさせ、耕也と岩永をただうかがっている。

そして耕也は苦笑し、岩永のいたずらに困り果てた、といった風にソファから立ち上がって部屋の中を歩き出しながら口を開いた。

「岩永さん、これはどういう茶番だい？　薫子犯人説はまさに昨日、きみが否定したじゃないか。澄さんは最期に犯人が男と叫んでいる。それが犯人の偽装工作ではないとも立証した。薫子は最も犯人から遠いだろう」

妖狐の吹雪は澄を殺すのには先を越されたが、剛一との取引には誠実だった。澄の叫びの偽装によって、薫子を守る最上の仕事をしたのだ。おかげで岩永は、これについて嘘の説明を作らねばならない。

岩永は耕也に噛んで含めるように返す。

「薫子さんも耕也さんも、現場で被害者の叫びが聞かれた、と後で知って驚かれたでしょう。そしてそれが自分達に有利なことにも。音無会長が裏で手を回し、そういう偽の情報を警察につかませたのでは、といった疑いまで持たれたかもしれません。だからいっそう、今回の会合で音無会長が自分達が犯人と知っているのではと怯えられた」

あの偽の叫びは犯人を守りつつも、犯人にとって不可解な、気味の悪い事実にもなったろう。そこが岩永の利となる。

「あれは正真正銘、澄さんが叫んだ言葉ですよ。澄さんは犯人が薫子さんとわかっています。だから娘をかばうため、わざと犯人を男と誤認させる、強盗殺人であると印象づける叫びを最期の力で上げたんです。実の娘だからこそ、自分を殺した犯人にもかかわらず、警察の捜査から守ろうとしたんです」

耕也がこの説明に壁を叩き、声を荒らげた。

「そこも昨日、きみは否定したろう！　計画的犯行なら犯人は被害者が周囲の注意を引かないよう殺す際は口を塞ぐ、そして手掛かりも残されないよう死を確認してからそこを離れると！　面識のある人物の計画的犯行なら被害者に叫ぶ隙はない、だからあれは被害者と面識のない者の突発的犯行と結論づけた！」

耕也としてももはや苛立ちを抑え切れないようだ。自分も知らない事実とその原因がどう意味を持つのか、その不安に焦りが生まれもするだろう。

岩永は冷たく耕也へ畳みかける。

「薫子さんも初めての殺人です、澄さんの死をきちんと確認できなかった、倒れて動かないから大丈夫と判断してしまった。けれどまだかろうじて息があり、澄さんは死力を振りしぼれた。娘を想《おも》う母の力は偉大なのです」

「いい加減な推測を言うな！」

「薫子さんは被害者の脈を取りましたか？　呼吸を確認しましたか？　ナイフに指紋をつけないよう手袋をはめた手で、それらをちゃんと確かめられました？」

「薫子は息が止まっているのをちゃんと確認したと言った！」

「周辺の住民が駆けつけた時、まだ死体は温かかったとの証言もあります」

「人は死んでもそうすぐ冷たくはならない！　死後数分ならまだ熱もある！」

「しかし多くの人が被害者の叫びを聞いています。澄さんはまだ生きていました。まあ、この叫びが親心から出たのか、グループの社長を実の娘が殺したと世間に知られれば企業イメージが地に落ちかねないので醜聞を避けるために薫子さんをかばう叫びを上げたのかはわかりません。両方の理由からかもしれません」

叫んだ理由も何も、澄は叫んでおらず、妖狐が声を真似てやっただけだから、どちらも間違いである。嘘である。けれど必要な事実は引き出せた。

岩永は耕也から視線を外し、剛一、晋、莉音へ首をかしげて微笑んだ。

「さて、さすがの耕也さんも昨日からの私のほのめかしや指摘、予想外の展開の連続に神経が参っておられたのでしょう。しくじりも出ます」

耕也の血の気は引いているだろうか。剛一、晋、莉音の注意は岩永よりも耕也に向いている。そのしくじりを三人とも聞き逃していなかったのだ。

岩永も耕也をあらためて見た。

「二十三年も前の事件です。証拠は何ひとつありません。犯人しか知らないことでも口にしてもらわねば、どこまでも水かけ論です。耕也さんは先ほどおっしゃいました。『薫子は息が止まっているのをちゃんと確認したと言った』と」

耕也は呆然と立っていた。このスイートルームにいる者の中で、そのしくじりがあったのを最後に気づいたかもしれない。

これで岩永は目的を達した。剛一に薫子が犯人と証明できた。

岩永は剛一に一礼する。

「音無会長、かように犯人は薫子さんで、耕也さんが共犯です。ただし計画段階からの共犯なら、耕也さんの性格からして薫子さんに殺人の実行を任せはしないでしょう。だから当時、薫子さんが単独で殺害を計画して実行し、その後に耕也さんが事実を知ったと思います。だからこそ必死にかばわれようとしたのでしょう。薫子さんは今回の音無会長の課題に怯え、二十三年目にして初めて耕也さんに告白されたのかもしれません」

澄は烈女と称されたほどの人物で、莉音も昨日からの振る舞いを見れば相当に芯がある女性だ。澄の娘で莉音の叔母に当たる女性が、自ら殺人を決め、単独で実行する資質を持っていてもまるで不思議はない。

剛一からの返事はないが、他に岩永がやることはない。後は音無家で片付けてくれればいい。剛一の希望は叶えたのだ。

「事件はすでに時効ですし、残るは家族と音無会長の信念の問題です。ご自由にしてください。最初に申し上げました通り、私はホテルを出ましたらここでのことは全て忘れます。私はただ、音無会長が頼るべきでない力に頼られたと示したかっただけですので」

岩永はそう言ったものの、言葉を失っている剛一がどこまで理解しているか少々不安だったので、いくらか付け加えておく。

「会長は秩序に反する選択をされました。それゆえにこの真実と向かい合う因果が生まれたのです。ご自身の手で奥様を殺そうとされていれば、あるいは理外の誘惑を振り払っていれば、たとえご長女が犯人でも、奥様は強盗殺人に遭ったと信じて天寿をまっとうされたでしょう」

岩永は部屋から退出すべく、九郎に声をかける。

「九郎先輩、ベレー帽を。部外者はこれにて失礼しましょう」

他の者が凍結したごとく動かない中、奥の帽子かけにあるベレー帽を九郎が歩いていって手にし、戻って岩永に渡す。それをかぶって外へのドアに向かおうとしたが、やけに落ち着き払った声がかかった。

「待て。そんな勝手に出て行けると思うのか?」

耕也が右手に握った、黒いオートマチック式の拳銃《けんじゅう》を岩永に向けていた。こういう時のために隠し持っていたのか、それとも自決用に忍ばせていたのか。いざとなれば薫子が犯人と気づいているかもしれない剛一を密かに殺害し、事をうやむやにする腹づもりまであったのかもしれない。岩永と耕也の間にはそれなりの距離があるので、撃って確実に当たるかはわからない。ただ当たらない距離でもない。

何人か息を呑む気配がしたが、晋がいち早く我に返ったようだ。

「耕也さん、軽はずみはよせ! 姉さんが犯人でも事件は時効だ! 警察に知られても大した影響はない! 私達も姉さんを責められないし、外にもらそうとも思わない!」

耕也はとうに頭を切り替え、腹をくっているのか、冷静そのものの調子で、岩永を見据えたままそれに答える。

「ええ、晋さんや会長、莉音さんは信用しますよ、音無家の人ですから。でもこの二人は違うでしょう。第一、二人は真実を明らかにする必要もなかった。それをわざわざやったのだから、何か狙いがあるでしょう。いや、最初からこの二人はおかしい！」

岩永はため息をつく。狙いはすでに語ったし、だから後は知らないと言ったはずなのだが。おかしい人呼ばわりは心外である。

耕也は銃の先をしっかりと岩永に向けたまま、剛一に決断を迫る。

「たとえ時効であっても、周りに知られれば社会的影響は免れません。この二人は、あの岩永琴子は何をやるか、信用できない。ここから出すわけにはいかないでしょう」

剛一は唇を震わせ、蒼白《そうはく》な顔色で耕也と岩永を見比べる。つまりは岩永達の口封じを耕也は求めているわけで、この場で最も社会的な力を持つ剛一なら、法を超えた対処もできるだろうと暗に示しているのだ。二人を殺して死体を処理し、両名ともホテルを出た後どこかに消えた、と偽装すれば後腐れない、といった具合だ。

岩永は頭をかいた。

「私は何もしませんよ。耕也さんは薫子さんをそれほど愛し、大事にされている。薫子さんもあなたとの将来のために殺人を犯された。そんな素敵なお二人を邪魔するなんて、恋愛の神様から天罰を下されそうじゃあないですか」

面倒なので、正直な気持ちを述べる。

「そのせいで九郎先輩との仲を変にされても困ります。ですので私はこれ以上、この件に関わるつもりはありません」

すると九郎に思い切り頭をはたかれた。

「馬鹿なことを言ってあの人の神経を逆撫《さかな》でするな」

「馬鹿なって、心情的にも関わりたくないと言っただけでしょう！」

岩永の反論に九郎は肩を落とし、岩永を守るためか銃口の前に自分から立って、ゆっくりと耕也に近づく。

「岩永はこんな感じですが、本当に何もする気はありませんよ」

九郎は九郎で呑気《のんき》な口調であり、その方が耕也の神経を逆撫でしそうだ。

そう岩永があきれていると、耕也は引き金にかける指に力を入れ、近づく九郎に銃を構え直した。

「動くな。これは脅しじゃない。きみの度胸は認めるが、その令嬢に命を賭ける価値があるのか？」

「あいにく賭けが成立する命は持っていなくて」

九郎が申し訳なさそうに言った直後、銃声がした。莉音が喉を絞められたごとき小さな悲鳴を上げた。晋と剛一の顔が引きつっていた。空薬莢《からやっきょう》が絨毯《じゅうたん》の上に落ち、銃弾が壁にめり込んでいる。

九郎が頭部から血を噴《ふ》き出して仰《の》け反《ぞ》り、その場にばったりと倒れた。どうやら耕也は額の真ん中を撃ち抜いたようだ。射撃の技量は確からしい。

耕也が倒れた九郎の体を踏み越え、岩永のそばまで歩いて来る。そして眼前に銃口を突きつけて来た。

「これで私は後戻りできない。誰も後戻りできない。きみも彼も間違った」

耕也の目は冷静だった。銃身も震えていなかった。九郎を撃ったことでいっそう腹が据わり、迷いが入る余地はなくなったのだろう。こうすることで他の者の迷いも消そうとしたのかもしれない。追い詰めようとしたのかもしれない。

それでも耕也は極度の緊張に襲われているのか、銃を握る手は白く、顔からも血の色が失《う》せている。

岩永は撃ったばかりで熱を帯びる銃身を眺めた。妖怪や化け物を相手にしているとこういう道具を見る機会はまずないが、簡素な質感とデザインである。グロックとか呼ばれる銃の一種だったろうか。

岩永は決死の覚悟であろう耕也には気の毒だったが、こう告げるしかない。

「私は正しいですよ。あなたはまだまだ戻れますし」

そう告げている最中、黒い銃身は横から伸ばされた手に無造作につかまれた。唐突過ぎる事態に耕也は虚を衝かれてか、その手にあっさり銃を取り上げられ、岩永の前で立ち尽くすこととなった。

銃を奪ったのは当然九郎である。人魚の肉を食べて不死身となっている九郎が頭を撃たれたくらいで死ぬはずもなく、さらに件の肉を食べて得ている能力で、耕也から銃をひょいと奪い取る未来も決定したのだろう。この状況なら十分起こりえることだから。

耕也はついさっき額から血を噴き出し、倒れて死体となっていたはずの九郎がばつが悪そうにしながら傍らにおり、銃を奪ったのが信じられないといった風にしている。

九郎がいたわりの声をかけた。

「賭けが成り立つ命はないと言いましたよ」

耕也はその九郎にしばらく口をぽかんと開けていたが、やがて全身で猛抗議した。

「なぜきみは生きている！　ちゃんと頭を撃った！　ほら、貫通した弾もあそこにめり込んでる！　血も出して倒れたろう！」

弾丸がめり込んでいる壁を指しながら主張するが、現実に九郎がそこに立って耕也の剣幕にたじろいでいるのだからその抗議は喜劇的である。そうしたい気持ちは岩永もわかるが。

九郎が弱った表情で、どうにか言い訳をひねり出していた。

「ええと、ほら、そうです。時代劇とかでたまに見るでしょう、刀で斬られたはずなのに死んでない、『峰打ち』というやつです。だから無事だったわけで」

「銃弾の峰ってどこだ！」

頭を貫通していて峰も何もないだろう。きりがなさそうなので、岩永はステッキを二人の間に差し込み、割って入る。

「ここで起こったことは白日の夢のようなもの。私達はその夢の住人とでも思ってください。ゆえに現世の法や決まりに囚《とら》われず、興味もありません」

耕也は岩永と九郎をかわるがわる見、やがてそこに膝から崩れ落ち、両手を絨毯についた。目まぐるしい状況の変化に、とうとう処理能力が限界を超えたのだろう。

九郎は取り上げた銃を持て余したのか、仕方なさそうにこの場の責任者である剛一に渡し、頭を下げた。剛一は虚脱した様子でされるがままになっている。

岩永はベレー帽をあらためてかぶり、最後の挨拶を行った。

「では皆様、今度こそ失礼します。私は音無グループと敵対する気はありませんので、音無会長もそこはよしなにお願いします」

逆恨みされる可能性もなくはないが、多少の賢さがあれば、岩永を敵に回そうと思う者はここにいないだろう。

岩永は九郎を引き連れ、スイートルームを後にした。もう少し高級ホテルを満喫したくはあったが、これで良しとしよう。まだ午後二時前である。日曜であるし、昨晩はよく眠れた。九郎とどこかへ遊びに寄ってもいい。

立ち去った部屋は静かで、後でどんな話し合いがされているか、岩永にはもはや関わり合いのないことであった。

九月十八日、日曜。朝から強い雨が降っていた。昼になっても止《や》む気配はない。

音無莉音は昼前から街中のファーストフード店の席に座り、ハンバーガーのセットを前にして、ぼんやりとここしばらくの出来事を思い出していた。悪い空模様で外出する人が少ないせいか、店内の客はまばらだった。

岩永琴子という令嬢が二十三年もの間眠っていた真実を明らかにして二週間が過ぎていた。岩永は足取り軽くホテルから去っていったが、残された方は大変だった。

剛一は座ったまま動きを止め、耕也は膝をついたまま動かず、晋が何とか収拾をつけようと率先して声を上げ、莉音は父の亮馬に電話で助けを求めた。

一夜明けても続く混乱の中、薫子は自殺未遂をし、早期に気づいた耕也の対処で一命は取り留めたものの、精神的なショックもあってかそのまま入院生活になっている。

薫子は、剛一の課題によって自身の殺人が暴《あば》かれるのではという予感に怯え、この一ヵ月ほどかなり不安定になっていたらしい。そこで親族に罪が知れたという事実を受け止め切れなかったようだ。母を殺した罪悪感を、ずっと抱えてもいたのだろう。

亮馬も晋も今さら責める気持ちも資格もないと、時間があれば薫子を訪ねて力づけようとしているし、莉音にしたところでその罪にとやかく言える立場ではない。岩永に追い詰められ、膝を折った耕也を気の毒に感じるばかりだ。銃の不法所持を問題にする気にもなれない。その耕也も精神的打撃が大きいだろうが、献身的に薫子に付き添っているという。

ある意味、これまでよそよそしさもあった音無家の長男、長女、次男がひとつにまとまり、亮馬と晋の疎遠さが嘘のように消えたのは救いかもしれない。

そして剛一の精神的なショックもまた大きかったようだ。本来なら自分の罪を裁かせるはずが、長女の罪を暴いてしまった。当初語っていた信念に沿ってそれに裁きを下すかどうかという問題も突きつけられた。その原因は妙な企みを実行し、岩永を招き入れた剛一当人にあると言えるのである。自責の念がいっそう余命を縮めているようだ。

それらの心労に加え、悪性の腫瘍による体調の悪化も深刻になり、あれほど老いも病も感じさせなかったにもかかわらず、岩永が去ってから三日後に倒れ、こちらも入院となっている。

二十三年前、何があったのか、まだ詳しくは薫子や耕也から説明はされていない。ただ岩永の説明に間違いはなかったとだけは伝えられている。

当時、薫子は耕也と結ばれ、彼の事業も潰されないようにするため、澄の殺害をひとりで密かに決断し、骨折の時間を誤認させる工作を単独で実行し、最近まで耕也にもそれを隠していたそうだ。剛一が出した課題にその過去が甦り、耕也に助けを求め、耕也もそれに応えたとのこと。全て岩永の語った通りだった。

剛一が倒れ、薫子が入院し、耕也が疲弊し、亮馬も晋もかつてないほどに連絡を取り合って難しい顔で動いているのだから、音無家に異変があるのは隠せない。ただし薫子の犯罪についてはまったく外にもれてはいなかった。

たとえ外部から指摘されても知らぬ存ぜぬで突っぱねられはするだろう。これも岩永が言った通り、証拠のない、時効の成立した事件なのだから。

それでも音無家の面々の心に落ちた影の濃さは日に日に増すようであり、真実を知ってしまったがためにこれからずっとそれを感じて生きていかねばならないのか、という思いが莉音の心を重くする。

ずっと影はあった。事件は二十三年前に起こったことで、殺人も犯人もずっと存在していた。ただ眠っていただけで、岩永琴子がそれを目覚めさせ、影の在処《ありか》を皆に見せたというだけだ。

莉音としてはあの令嬢に利用された腹立たしさはある。偽の解決を出させ、耕也を追い詰める道具にされたのだ。また岩永は真実を伏せ、その偽の解決で事の幕を引くこともできた。あの偽の解決は、使い方次第では八方を丸く収めるものだった。

岩永さえ真実を胸に納めておけばこんな悲劇的な結末は防げたのだ。それを敢えて真実を引きずり出し、後は知らないと去って残された者に苦難を与えていったのだから、なんと迷惑な女か、と怒っていいはずだった。

だが面と向かえば、とてもそんな気持ちにはなれないだろう。あの岩永琴子という令嬢は怖かった。何か莉音には得体の知れない信念とルールによって行動し、それを妨げるものは容赦しないといった冷ややかさがあった。事実、耕也を追い詰めた手際は冷酷そのものだ。いったいどんな経験を積めば、あれほどの可憐さと苛烈《かれつ》さを同居させられるのだろう。何を信じていれば、あそこまで己を通せるのだろう。

また岩永の恋人と紹介された九郎という青年もおかしい。莉音だって見たのである。彼の頭が撃ち抜かれ、虚《うつ》ろな目で倒れたのを。なのに元通りの状態でけろりと立ち上がり、耕也から銃を奪っていた。

「あの二人、人間だったんだろうか?」

雨に濡れる窓ガラスに莉音は呟いてしまう。耕也も言っていたではないか。あの二人は最初からおかしかったと。あの二人は怪し過ぎる。

その気になれば剛一も晋も岩永の家に対し圧力をかけ、今回の意趣返しもできるだろうが、剛一にはそんな気力はないだろうし、晋も『あの家に、あの令嬢に関わるべきではない。得体が知れな過ぎる』と本気で怯えていた。耕也もまた『学の忠告をもっと聞いておくべきだった。こちらの想像も警戒も超え過ぎていた』と唇を噛んでいた。

莉音も二度とあの令嬢に関わるものか、と心に固く誓っている。そして二度と迂闊に謎解きにも乗り出すものか、とも。少なくとも岩永は隠されたものを掘り出す行為の危険性を教えてくれた。少々うまくできたという成功体験に過信すると、また自分が掘った穴に落ちるかもしれない。

気分は晴れない。眠りから覚まされた殺人の余波はずっと消えそうにない。雨はまだまだ止みそうになく、影は暗く濃くなるばかりだった。

岩永琴子は桜川九郎とともに音無剛一の病室を訪れていた。入院中の剛一の世話をしている者から再三再四、剛一が一度来てくれないかと求めている、という連絡があり、ホテルであったことはそこを出れば忘れる約束だったので、『音無の会長様とお会いする義理も覚えもありませんが、どうしたことでしょう』と断り続けていた。

しかし剛一はそこを曲げて来て欲しい、と言うので、朝から強い雨が降っていたが、やむを得ず九郎を伴って訪れたのである。

ベッドに横たわったまま待っていた剛一は、二週間前とは見違えるほどに弱り切り、生気を失っていた。余命一年で健啖《けんたん》に動き回れていたのが正しくなく、医学的にはこれが普通の状態とも取れる。

点滴や人工呼吸器を常時必要とする状態ではないが、回復の見込みはないのだろう。岩永達が来ても、上半身を起こすことすらできないようだった。

広く、介護にも過不足のない設備が施された個室は剛一と岩永達だけにされていた。岩永はベッドのそばに置かれた椅子に座り、九郎はその後ろで岩永のベレー帽とステッキを手に立っている。

剛一が天井を見たまま、弱々しくも口許に笑みをたたえた。

「恨み言を述べるために来てもらったわけではないよ。あの結果は私が招いたものであり、私の信念から外れるものでもなかった。きみが情をもって真実を胸にしまってくれなかったからといって、恨むのはお門違いだろう」

「恨み言くらい聞きますよ、そこまで無情ではありませんから。そういうのは気にしませんし」

いくら恨み言を並べられても実状に変化はないから、それくらいのストレス発散に付き合う心の余裕はある。

剛一はそんな岩永をどこか羨《うらや》む目をし、それから本題に入った。

「あの後どうなったかきみは興味もないだろうね。こうして呼び出すのも約束違反だろう。ただひとつ、確かめておきたくてね」

剛一は首をわずかに動かし、岩永の後方へ視線を向ける。

「桜川九郎君といったね。きみは桜川六花さんの従弟と聞いているが」

これには岩永も驚いた。九郎も動揺した声で応じる。

「六花さんをご存知なんですか？」

剛一は悔いるようにしながら首を元に戻す。

「最初、私の罪をどう償えるか相談したのは桜川六花さんなんだよ」

岩永も、どうして六花が関わって来るのか、とっさにはつながる理屈が構成できない。

「ある病院に不死にして未来の出来事を決められる力を持った女性が長期入院しているという話を聞いた。その力で権力を握るとか、人をあやつるとかしているわけではないが、彼女と話をすると、大抵のことがうまくいくと言われていた。彼女が病院に長期入院していた正確な理由を私は知らない。病院は彼女が普通の人間に戻る研究に協力し、代わりに彼女の力を利用していたとの噂はあった」

剛一の話に岩永は膝の上で拳を固める。今回の件をすっかり終わったと片付けていたのは早計だった。

「かつて妖狐と取引した私だ、常にない者がそういう風にいるのかと興味を持ち、彼女に一度会わせてもらったことがある。そして彼女は本物だった。美しくも、私には明らかに人とは違うものに見えたよ」

剛一は怪異をある程度、視覚的に識別する天分があるようだ。だからこそ妖しい力に引かれやすく、信じやすいのかもしれない。

「二ヵ月ばかり前、車で移動している時、街中でひとり歩いている彼女を見かけた。過去の罪の処置に悩んでいた私は、これも天の配剤かと運転手に車を止めさせ、彼女に声をかけたんだ。怪異と関わって生じた悩みなら、怪異な者に相談するのが適切ではないかと」

剛一はどこか六花を信奉する者の調子で語っている。

「彼女は戸惑っていたようだが、私の話を聞いてくれたよ。ただ彼女には殺人の話まではしていない。かつて化け物と取引し、それで犯した罪を償う方法を知らないか、もしくはきみの力でしかるべき未来を得られないか、と持ちかけてみたんだ」

そこで剛一は現在にいる岩永と九郎を見た。

「すると彼女は自分と同じ力を持つ従弟とその恋人である琴子さんの存在を教えてくれた。その二人なら私の望みを叶えられるだろうと。半信半疑ではあったが、琴子さんの噂を集めるとただならない話がいくつも出て来る。そして実際会ってみてもただならない力を感じた」

雨が窓ガラスを叩いている。こういう日は居眠りしたいところだが、どうやらしばらく、そんな心持ちにはなれそうにない。

岩永がそう考えながら表情が険《けわ》しくなるのを抑えていると、剛一は少しだけ優位に立ったように語る。

「こう言うと気を悪くするかもしれないが、琴子さんも九郎君も、私にはそれほど人間とは見えないよ」

ならどう見えているか、絵にでもしてもらえると助かるが、九郎は嫌がりそうだ。

剛一が目を閉じた。

「だから信用し、事を託した。だがこうしていると、なぜ私は六花という女性の言う通りにし、きみを信用したのか、急に訝《いぶか》しくなって来た。もしや私は六花さんによって、そうする未来に導かれたのか」

振り返ってみると自分の決断と行動が信じられないといった経験はよくあるだろう。責任逃れでもなく、ただ剛一は不安になったのかもしれない。怪異への畏怖が大きくなったのかもしれない。

岩永はしばし言葉を吟味し、正直な意見を述べることにした。

「あの人も九郎先輩も、どんな未来も決定できるわけではありません。あくまで起こる可能性の高い未来しか決定できません。音無会長は過去の経験から怪異を信用されやすい心理にあり、今回もそれで解決してもらいたいと強く望んでいました。六花さんはせいぜい、それに対する迷いを消すのに干渉したくらいでしょう。音無会長がいいようにあやつられたわけではありません」

九郎も六花も万能ではない。奇跡を起こせるわけでもない。ただ手間さえ惜しまなければ奇跡に近いと思えることも起こせる。それでも可能性がゼロの事象を起こすまではできない。

「そうか。うん、そうだろうな」

剛一は納得したくない思いもありつつ、あくまで一連の出来事は自分が始めたことであり、その結果は受け止めねばならないという事実を染み込ませるかのようにそう言った。

九郎がそこでやや気負った調子で尋ねる。

「六花さんが今どこにいるか、心当たりは？」

「そこで別れたきりだ。連絡先も交換していない。彼女は結果がどうなろうと構わなかったのだろうね。だがこうなるのを見越してきみ達を勧めたのだろうか？」

剛一の問いかけに、岩永はつい苦々しい気持ちを表に出してこう言った。

「わかりません。私にもあの人は厄介ですから」

岩永達が剛一の病室を出た後も雨は弱まらず、いっそう激しくなっていた。歩いて近くの駅やバス停に行くのはためらわれる勢いで、しばらくロビーで様子を見ていた。

「裏で六花さんが糸を引いていたとはなんとも。会長さんが私に頼んで来るまでの流れが良過ぎるとは感じていましたが、そこまでは読めませんでした」

ソファに座り、九郎が買って来た缶紅茶を飲みながら岩永は思考を巡らす。

「どうして私にこの件を押しつけたのか？　いくら六花さんでもわずかな情報から事件の真相や顚末まで見抜けたわけはありませんし、単に私への嫌がらせでしょうか？」

あの女なら十分考えられる。特段の陰謀や狙いはなくとも、岩永が嫌がりそうだというだけで仕組みかねない。陰謀があっても厄介だが、そんな理由でも厄介である。

九郎は岩永の隣に座り、どうでも良さそうに応じて来た。

「理由は二つばかり考えられるな」

珍しく岩永より先に思いついたことがあるらしい。

「ひとつは今回の件にお前を集中させ、六花さんが何か次の企みを仕掛けているのに気づかせないため」

「単なる嫌がらせよりは、ありそうですね」

積極的な陽動作戦というよりは、そういった効果があるならこの相談を利用してやろう、といった、もののついでの行動か。

そして九郎は次が本命とばかり、真面目な声で続けた。

「もうひとつは、お前が怪異にまつわる相談をどう決着させるか、僕に見せるため」

「今さらですか？　九郎先輩はそんなのいくらでも見て来たでしょう」

九郎はこれで三年近く岩永と付き合っている恋人なのだ。岩永のやり方も行動原理もよくわかっているだろう。今さら見せるために相談事を押しつける意味がない。

けれど九郎には違う視点があるらしい。

「それはそうだが、人間が密接に絡みそうな今回の事案に、お前の特徴がより強く出ると考えたのかもしれない」

特徴といっても、岩永は何が相手でも原理原則に従って行動しているのだが。

理解しかねる感情が表に出ていたのか、九郎が苦笑して補足する。

「お前は今回、秩序のためには一切の情を挟まず、悲劇的な結末が予想されるのに真実を明らかにした。守るべき秩序のためにはお前は容赦しない、そうはっきり見せられると感じたのかも」

「いやいや、そんな私を冷酷非道の機械みたいに。非道を行ったのは会長さんで、それを正すのに情も何もないでしょう」

むしろ礼をなるべく失しないよう剛一達に接し、内々で事が収束できる形で関わりを限定したのだから、有情の対処をしたと言えなくもない。殺人が起こっているのに結末が喜劇的となる方が不謹慎で怒られそうである。

九郎がため息をつき、岩永の頭に手を置く。

「ああ、お前はそれでいい。悩む必要はない。悩む回路もないだろうが」

「その九郎先輩の物言いこそ情が欠けているでしょうが！」

岩永は真剣に六花の狙いについて考えているのに、この男は危機感がないのか。人を無神経とでも言いたげである。それこそ岩永ともっと情を交《か》わして真人間になるべきだ。

ともかく岩永は腹が立ったので、ここは無理矢理にでも、九郎にもたれてしばらく眠ってやろうと決意するのだった。

第六章　岩永琴子は大学生である

小林小鳥は恋人の天知学と店に入ってテーブル席につき、注文を終えてからふと気づいた。このあたりはH大学の学生街ではなかったか、と。

九月の終わり、この日は平日ながら二人がそれぞれ通っている大学の休講が重なり、アルバイトも入っていなかったので、待ち合わせて午前中から美術館に出かけ、その後、学が近くにミステリ関係の書籍が充実している古書店があるからとひと駅ほど足を伸ばし、午後二時を過ぎてから遅い昼食をとるべく、この店に入ったのだった。

店は瀟洒《しょうしゃ》で明るい佇まいの喫茶店といったものであったが、学生街とあってか手頃な値段での定食やセットメニューも多く提供しており、女性客を意識したであろう野菜類のセットもあって、昼食にはちょうど良かった。カウンター席が多いがテーブル席も一定数あり、落ち着いて食事ができそうであった。店の名前は『アイン』と記されている。

小鳥達が店に入った時は忙しい時間帯が過ぎていたのか、カウンター席の一番奥にひとり、大学生らしき青年がコーヒーカップを片手に本を開いて座っているだけだった。

小鳥は入店した時からその青年とどこかで会った気がしてならなかったが、これといった特徴のない、半日もすれば忘れそうな風貌《ふうぼう》の青年でもあったので、誰か別の人物と混同しているのかもしれない。

それよりも小鳥は、学が知らずにこの学生街に来た可能性もあるかと念のため尋ねてみた。

「学君、このそばのH大学って、岩永さんが進学したとこだよね？」

「そうだったかな」

「片想いの人がいるH大学に行くって二年の時から言ってたじゃない」

その人とは後に恋人関係になったが、岩永が入学する頃には年齢差からしてじき卒業するのでは、と確認してみたが、その人は大学院に進むので一緒の大学生活をまだ何年間か送れると胸を張られたものだ。岩永が狙い通り入試に合格した際も胸を張られた。

学は誤魔化そうとする素振りをしたが、すぐ無駄を悟っておとなしく認める。

「そうだったな。あの岩永さんがそんな恋愛感情を優先して進路を決めるのが少し信じられなかったが」

やはり学は知った上でこの界隈《かいわい》に来たのだ。

「ここまで足を伸ばしたの、もしかしたら岩永さんに出くわすかもと思って？」

小鳥はもう少し突っ込んだ質問をしてみる。学は小鳥の追及に、自分でも気持ちが不明《ふめい》瞭《りょう》といった間を取った後、答えてくれた。

「そこまで過度の期待はしていない。会ったところで向こうがこちらを憶えていると限らないし、憶えていてもどう話し出したものか、迷うしかなさそうだ」

小鳥としても今になって岩永と会うと、どう話していいかわからない。天気の話をしどろもどろに始めてしまいそうだ。先日、ショッピングモールですれ違った時も見なかったことにしたものである。

高校時代、岩永とは比較的親しい形で話せはしたが、どこか彼女は小鳥とは違う世界で生きているのでは、といった感覚がずっとあった。だから岩永とは時機が来れば離れるのが当然で、それを再び近づこうとするのは道理に反しているとも思えた。

学も同じ感覚を持っているはずだが、今回ばかりは何か行動しないではいられなかったのだろう。少し眉間に皺を寄せて言う。

「彼女が音無会長に呼ばれ、判定役としていったい何をやったのか、ずっと気にかかってる。伯父さんが身内にも話してくれないものを岩永さんが話してくれるとは思わないが、会って尋ねれば、何かしら納得できる応答があるんじゃないか、とは思ってしまう」

音無グループの会長、剛一氏の遺産相続に関する課題に岩永琴子が判定役として呼ばれ、それにともなって学の伯父の藤沼耕也が岩永の情報を集めに動いていると小鳥は学から聞かされていた。そしてその課題がいかにも不穏で、きっとただならない展開になるだろう、と予想もしあった。

それからほどなく、今月の初め、音無会長が入院したというニュースを目にし、学からは会長の長女である耕也伯父の奥さんが同じ時期に自殺未遂をし、耕也も憔悴《しょうすい》しきった様子で、いったい何があったか親類に問われても『岩永琴子という娘には関わらないようにしてください』と返すだけでいっさい口を閉ざしていると教えられた。

どう考えても岩永が何かをやったに違いなかった。事前に伯父と会い、岩永について忠告していた学としてはその経緯が気にならないわけがないだろう。

「伯父さんはその後、どんな風なの？」

「奥さんも回復して落ち着いて来てるというし、伯父さんの会社の経営にも大きく影響は出ていないみたいだ。音無グループも一時期は妙な噂が流れて株価が落ちたそうだけど、こちらも以前の状態に戻ってる。ただ関係者の寿命は確実に縮んだろうな」

学はもっと伯父に岩永について釘《くぎ》を刺しておくべきだったのでは、といった悔いがあるのかもしれない。

「本当に岩永さん、何をやったんだろうね」

小鳥としてもここ半月ほど、学が暗い表情をしているのは気にかかっている。

「そうだな。知らない方がいい類のことかもしれない。でもこうして岩永さんが入った大学の近くに来ただけで彼女と出くわすなんて偶然があれば、それは尋ね、知っておくべきものだという印にも思える」

学はそう言った後、額に手を当てた。

「いや、こんな偶然に頼って占いか神託でも待つみたいに行動を決めるのは、オカルト的でミステリ的ではないな」

冗談に紛《まぎ》らす調子だったが、少しも晴れやかさは浮かんでいない。

そこに注文したカレーライスとコンソメスープ、サラダのセットが運ばれて来る。運んで来た中年の店長らしき男性がテーブルにそれらを置きながら不思議そうに尋ねて来た。

「お客さん、岩永さんの知り合いですか?」

小鳥は戸惑い、学も意味を取りかねるようにしながらもこう質す。

「俺達の『岩永さん』と、そちらのおっしゃる『岩永さん』が同一人物なのかわからないんですが」

「ああ、そうですね。わけがありそうな雰囲気で岩永という名前が出て来ると、どうしても彼女を連想してしまって。良家のお嬢様風で、大学生なんだけどもっと幼く、人形みたいに見えて、でもどこか冷たく隙がない感じで、いつもステッキを手にしている」

「同一人物です」

学が即答していた。そんな『岩永さん』は岩永琴子しかいないと小鳥も保証できる。学は早速続けた。

「俺達は高校時代、彼女と同じ部活にいたんです。卒業してから連絡も取らなくなっていたんですが、最近、訊いておきたいことができたんで、もしかしたら彼女のいる大学の近くなら出くわすんじゃないかと」

注文を運んで来た中年男性はやはり店長で、その説明によると、岩永はこの店に恋人と一緒によく来るという。ただ、もっとましな店に連れて行け、とその恋人に不平不満をもらしてステッキを振り回したこともあったとか。その恋人も災難であるし、店も悪く言われているも同然で、迷惑な話である。

けれど店長はまるで気にしておらず、後日岩永は口が過ぎたと謝罪に来たし、またその発言も、この店はその恋人が前の彼女とよく利用していたのを知っての嫉妬から出たものので、彼女にも可愛らしい所があるものだ、とむしろ好意的に受け止めていた。

小鳥達が適当に選んだ店であったが、偶然なのか何かの配剤なのか、岩永が名前を知られているくらいに通っている店だったとは。女性客も入りやすい店ではあるが、岩永が席にいると違和感がとてつもなくありそうである。

店長は学に悩みがあるのを見て取ってか、親身に応じてくれた。

「でも岩永さんに出くわすにしても、彼女は今、大学の講義に出てるんじゃないですかね。この時間帯はうちもあまり学生さんは来ませんし」

「そうでしょうね。会える方がおかしな話です。いや、怖い話になりますか」

学がどこかほっとした、けれど残念さの方が大きいような笑いを浮かべた。

そこで店長は少し躊躇する間を取った後、カウンター席の方をわずかに振り返り、小鳥達が店に入る前からいる青年の客を目で示した。

「でも岩永さんの彼氏さんなら、あの奥に座ってるんですけどね。よろしければ、都合を訊いてみましょうか？」

学が口を開けて固まっていた。小鳥も同じだった。店に入った時、その青年をどこかで見た気がしたはずである。岩永の恋人として何度も写真を見せられたし、少し前にもショッピングモールですれ違っていたのだ。

何らかの配剤が、この世にはあるらしかった。


カウンター席にいた青年、桜川九郎という岩永の恋人である人は、店長から小鳥達のことを伝えられ、こちらを見るとコーヒーカップを手にすぐ立ち上がってカウンター席からテーブル席へと気さくに移動して来てくれた。

学は立ち上がって自己紹介をし、向かいの席についた九郎に深々と頭を下げてから座り直す。

「わざわざすみません、初対面な上に、わけがわからないでしょうが」

小鳥も名乗って揃って頭を下げる。九郎からすれば、恋人の高校時代の部活仲間というのと対面しても、怪訝になるばかりだろう。

けれど九郎はよほど寛容なのか好人物なのか、学より申し訳なさそうに手を振る。

「いえ、高校時代はお二人とも岩永に苦労させられたでしょう。僕の方がお詫《わ》びすべきかもしれません」

それから小鳥達の緊張をほぐすためか、こう付け足す。

「先月でしたか、ショッピングモールでお二人とはすれ違ったので憶えていますよ。僕らを幽霊にでも会ったように見ておられましたから。岩永に訊いたら、高校時代にお世話になった方と」

「ああ、ペイズリー柄とか話していた」

学もその時を記憶していたようだ。

「その話題はよしましょう。いったいどこであんな柄のを見つけて来たのか」

悪夢でも蒸《む》し返されたみたいに九郎は言う。

どうやら岩永は小鳥と学を忘れていなかったらしい。しかしショッピングモールでこちらに気づきながら声をかけようともしなかったのだから、旧交を温める必要は感じなかったのだろう。

「それで、岩永に訊きたいことがあるとか」

「ええ、まあ」

九郎に促されたが、学もそこからどう尋ねていいか難しそうだった。これから岩永を呼び出して欲しいというのもぶしつけであるし、おそらく非常にデリケートな内容をはらむであろう音無家の出来事を、岩永が軽々に恋人に語りはしないだろう。音無家からも口止めされているはずだ。

すると九郎が穏和な目で学に尋ねた。

「天知学さんでしたか。藤沼耕也さんの甥御さんに当たる方ですね？」

「そうですが、伯父の名前をどうして？」

九郎はその学の問いかけには答えず、核心だけを述べる。

「なら訊きたいのは、音無家の集まりで何があったか、ですか」

「ご、ご存知なんですか？」

驚きを露わにする学に、九郎は真面目な表情になって応じた。

「その席には僕も岩永の付き添いとしていましたから。そしてそこでの出来事は一切忘れる約束となっています。たとえご親戚の方でもお話しはできません。岩永に尋ねても同様でしょう」

岩永が教えられないというのは予想できたが、この九郎もそこにいたとは、小鳥も驚くしかない。恋人だからといっておいそれと同席させられる場ではなかったはずだ。音無家からも不審がられたに違いない。それでも岩永が付き添わせたなら、よほどこの九郎という人を信頼しているのだろう。

背は標準より高いが、それ以外はいたって普通の印象しか受けないこの青年のどこに岩永は惹かれたのか、小鳥は高校時代から疑問だったが、こうして実物と相対してもぴんと来るものがない。逆に、あの岩永と何年も付き合って普通でいられるのを異常と感じるべきなのだろうか。

学はしばらく呆気に取られた風にしていたが、ようやく気を取り直して、といった咳払いをして口を開く。

「本当にその場におられたんですか？」

「半ば強引に岩永に連れて行かれる格好でしたが。岩永にするとよその親族の集まりにひとりで行っても退屈だからといった理由が一番みたいでしたね。おかげでアルバイトを休まされるし、殺伐《さつばつ》としてややこしいトラブルに巻き込まれるしで散々でした」

九郎は当時を思い出してか少し肩を落とす。それから関係者の方がもっと散々だったのに気づいてか、悼むように声の調子を変えた。

「音無会長や藤沼さんのその後については聞いています。その原因に岩永をつなげられるのも当然でしょう。時が経てば藤沼さんから直接、何があったかその一端なりを伝えられるかもしれません」

学が何か重ねて問おうとしたのを九郎は手で制し、その目を見て強く続ける。

「ただ岩永の名誉のために言っておきます。彼女は終始公正でした。その幾分悲劇的な結果を回避する方法を持ちながらそれを選ばなかったといって、情がないと責められるいわれもありません。岩永は自身の行動原理、信念に基づき、最善の結果を導きました」

このごくごく普通の印象しかしない青年と不釣り合いな、小鳥が息を詰めるほどの強さを持つ言葉だった。学も気圧されているようだ。

「結果が悲劇的であるのは、岩永の選択にではなく、もともと音無家にそれを招く原因があったからです。またその原因がより大きい悲劇を生むのを避けるためにも、岩永は行うべきことを行いました」

九郎はそうまとめ、その後、厳しい言い方になり過ぎたのが決まり悪いといった顔になって小さく頭を下げる。

学は九郎に気圧されたのが不本意だったのか、小鳥からしてもやや揚げ足取りに近く感じる反論をした。

「公正であるかどうか、人が判断できるものでしょうか。そこに何らかの不純、不備、あるいは人間的な気まぐれが紛れ込んでいないと言えるのですか?」

「人では判断できませんね。裁判官も法に基づいて公正に判断すると言っても、実際は不可能です。裁判官によって判断が異なるのが実際であり、同じ案件を同じ証拠で扱いながら判断が割れるのも珍しくありません。人は公正らしく行動するのが限界です。それは多数決で公正かどうかを決める時に意味がある、程度の頼りない公正さですね」

学の反論はもっともだと九郎は肯定しながら、持論を揺るがせなかった。

「でも岩永は公正です。何に基づいているかはわけあって話せませんが、彼女はその行動原理と信念を不純や不備、気まぐれで曲げることはありません。そうする発想すら浮かばないでしょう。たとえ親類縁者、自身にとって大きな不利益になってもです」

まるで岩永が人を超えたものであるかのごとく断言する。

学はそうきっぱりと真っ直ぐな目で言い切られたのにたじろいだが、やがてあきれた調子で尋ね返した。

「たとえ自身にとって大きな不利益になってもって、それはそれで危うい話ではありませんか?」

「危ういですよ。また本人にその自覚が乏しいのが危うくて」

九郎はこれに朗らかに笑って答える。学はその一転して明るい断言の仕方にいっそうたじろぎを見せ、それはとても笑えないでしょう、と返している。

小鳥にもわかった。これは笑い事ではない。曲がらないものは何かとぶつかりやすく、衝突すればどちらか、あるいは両方が傷つく。曲げるという発想すらなく、自覚も薄いなら、悪意もなく周りを、自分を容赦なく壊していきかねない。なら恨みも買うだろうし、どんな報復を受けるかしれない。それを避けられても、気づけば自身の力で自身が致命傷を負っているかもしれない。

小鳥は急にこの能天気なのか鈍感なのか、憂いなどなさそうに微笑んでいる九郎という人物が不気味に見えて来た。なのでつい口を挟んでしまう。

「あの、桜川さんも自覚がないんじゃありませんか？　そういう人は親しい人ほど傷つけやすいでしょう。下手をすればあなたが一番被害を受けるんじゃゃ？」

恋人として近くにいればそれこそ一緒に恨みを買いかねず、岩永からも手ひどく扱われかねない。音無家のトラブルに巻き込まれたのもそのひとつではないだろうか。九郎は岩永を危ぶんでいる場合ではないはずだ。

九郎は小鳥をそっと見遣り、困ったように笑って息をついてみせた。

「かといって、彼女をひとりにするわけにもいかないでしょう。僕が近くにいれば、少しは彼女が負う傷は減らせますし」

小鳥は自分の勘違いに気づいた。この人は鈍いのではない。ただ岩永を大事にしているだけなのだ。自分の傷など考慮しなくていいくらいに。

けれどそれで九郎自身はどこまで無事でいられるだろう。それに対する深刻さがまるで感じ取れない。そこがやはり小鳥には不自然で、ざわざわと心が落ち着かない。

そんな小鳥の心情を見透かしたのか、九郎は、

「ああ、幸い僕は丈夫にできているので、大した怪我《けが》もせずに済んでますよ」

そう照れくさそうに言い、カップに残っていたコーヒーを飲み干した。

九郎は『お役に立てなくて恐縮です』と一礼すると、会計を済ませて店から出て行った。店長が小鳥達の存在を伝えに行った時にはそろそろ退店する頃合いだったのかもしれない。

結局音無家に岩永が何をしたかは不明のままだったが、岩永が公正であること、その岩永を理解した上で守り、そばにいられる人がいることは小鳥にもわかった。

「岩永さん、男の人を見る目もあったんだね」

岩永が年単位で片想いをする価値のあった人なのは確かだ。あの岩永にあれほど親身になってくれる異性はいない。そんな相手を見極められる岩永の眼力は認めざるをえないだろう。

また学は別の視点で、桜川九郎という人物の特別さを評価している。

「最初はぼんやりした平凡な人に思えたが、話してみて感じた、あれは勝てる気がしない。武術とかやってそうにないんだが、通用する気にならなかった」

小鳥にはその感覚はさっぱりだが、武道でいくつも段位を持っている学が言うのだから、九郎は岩永に過激な報復や暴力が向かっても、それに対処できるくらいの力はあるのだろう。

学はようやく生きた心地を取り戻した、とばかりに大きく息を吐いた。

「世の中には恐ろしい人がいるんだな」

「ほら、あの岩永さんの彼氏さんだから」

高校時代、皆と同じ部室にいても、岩永はひとり違う所にいた。教室でも彼女はひとりだった。岩永は自分からそう線を引いていた。その岩永にちゃんとそばにいられる男性が存在しているというのは、世の中の恐ろしさを示しつつも、世の中がなかなかうまくできていると示しているようでもある。

ただ小鳥は九郎の話を聞いていて、一点だけ訂正すべきでは、という所があった。

「高校時代、岩永さんが私達との関わりを最低限にして、私生活を見せなかったのって、もしかするとその公正さとかで私達を傷つけないためだったのかもしれないな。少しは周りに与える影響を自覚してたんじゃや？」

九郎は自覚がないとばっさり断じていたが、そうとも限らないのでは。

対して学は懐疑的だ。

「どうだろうな。岩永さんには俺達との関わりより他に優先するものがあっただけかもしれない」

その方がありそうか。岩永の気遣いが皆無だったとまでは思わないが、どちらかというとそうした方が岩永にとって面倒くさくない、周りへの関心が薄いといった理由だった気もする。つまり岩永に自覚はなさそうだ。

そして学は首のあたりをさすり、憑きものが落ちたようにこう言う。

「岩永琴子は理解できない存在だったな。音無家に彼女が何をしたか、知ろうとするのが間違っていたか」

高校時代からわかっている真理に結局戻った気もするが、学が納得できたなら、小鳥もひと安心だった。

それから小鳥と学も食事を終えたので会計を済ませて帰ろうとすると、店長から『お二人の会計も九郎君が済ませていきましたよ。お役に立てなかった代わりにって』と告げられた。小鳥は学と顔を見合わせ、どちらともなく、あの岩永さんにはもったいないくらい良い人だ、と言い合ってしまった。

小鳥は帰り際、店長に訊いてみる。

「岩永さんと桜川さん、関係は良好なんですよね?」

店長は自信ありげに受け合う。

「ええ、あれで似合いの恋人同士ですよ。ただ岩永さんは九郎君の愛が足らないといつも彼に突っかかっていますが。九郎君も岩永さんに直接は優しいことを言わなかったりして、二人の会話だけ聞くと険悪そのものの時もありますけど」

あの九郎も岩永を前にすると素直でないのだろう。学もそういう所がある。日本人男子共通の悪い癖かもしれない。

店長が苦笑しながらエピソードを付け加える。

「でも九郎君、嫌がりながらも岩永さんが行きたがってた秘宝館にこの前一緒に行ってあげたそうですから、よくやってますよ」

学がなぜか引きつった表情になってこめかみに指を当てた。

「あれはまた、恋人をなんて所に誘ってるのか」

「秘宝館って、そんな大変な所にあるの？」

小鳥はその館《やかた》がどんな場所か知らず、二人の様子だと、よほど行くのに手間がかかるといったスポットなのか。それとも男性が行きづらい所だろうか。

学は小鳥の疑問に言葉を濁した。

「場所というか、展示が大変というか、小鳥は知らなくていいから」

よくわからないが、学に連れて行ってくれるのを頼まない方が好ましい場所らしい。

店長は小鳥達を送り出しながらこうも話す。

「岩永さんの方がどうも九郎君の愛情に鈍いというか、要求が過剰で強欲な気もしますよ。まあ、わがままが言えるのは、それだけ相手に気を許しているからなんでしょうが」

親切な店長は一応岩永の擁護も忘れなかったが、こんな補足もした。

「でも九郎君には、前の彼女の方がよく似合ってたんじゃないか、とことあるごとに思ってしまいもするんですけど」

岩永が聞けば怒り狂いそうである。ただし小鳥もあの人は岩永以外と付き合っていればもっと幸せで穏和な生活を送れていたろう、むしろそうあるべきでは、と内心で店長に同意してしまった。

高校でほぼ三年間同じ部にいた仲間より、初めて会ったその恋人の方に肩入れするのは不義理と言われそうだが、これはこれで公正な判断では、と思わないでもない。

後で学に意見を求めると、

「俺も同感だ」

と賛同された。

その後、小鳥は岩永の名を聞くことはなかった。会うこともなかった。時々、小さくも鋭利な高校時代の彼女の姿を思い出すくらいだった。

本書は書き下ろしです。

本書を原作とした漫画は「少年マガジンR」で連載され、講談社コミックス　月刊少年マガジン『虚構推理』九巻～に収録されています。

けっこうすごい
ああああっ
反応《はんのう》が見《み》ものですね
PARK
九郎《くろう》くん
すごい見《み》てる！
「マガジンR」
(隔月刊。偶数月20日頃発売)
にて好評連載中！
公式HPにて〈第1話 全83P〉
無料公開中！
虚構推理 R
検索

漫画の岩永琴子も。
月刊少年マガジンコミックス
虚構推理
Invented Inference
原作／城平京
漫画／片瀬茶柴
1〜10巻 絶賛発売中！

〈著者紹介〉

城平 京（しろだいら・きょう）

第８回鮎川哲也賞最終候補作『名探偵に薔薇を』（創元推理文庫）でデビュー。漫画原作者として『スパイラル』『絶園のテンペスト』『天賀井さんは案外ふつう』を「月刊少年ガンガン」にて連載。2012年『虚構推理　鋼人七瀬』（講談社ノベルス／講談社文庫）で、第12回本格ミステリ大賞を受賞。同作は「少年マガジンR」で漫画化。ベストセラーとなる。

虚《きょ》構《こう》推《すい》理《り》　スリーピング・マーダー

2019年6月19日　第1刷発行　　定価はカバーに表示してあります
2019年8月 7 日　第3刷発行

著者……………………………城平《しろだいら》 京《きょう》

発行者…………………………渡瀬昌彦
発行所…………………………株式会社 講談社
〒112-8001 東京都文京区音羽2-12-21
編集03-5395-3506
販売03-5395-5817
業務03-5395-3615

本文データ制作……………講談社デジタル製作
印刷……………………………豊国印刷株式会社
製本……………………………株式会社国宝社
カバー印刷…………………株式会社新藤慶昌堂
装丁フォーマット…………ムシカゴグラフィクス
本文フォーマット…………next door design

ISBN978-4-06-516157-9　N.D.C.913　296p　15cm

講談社タイガ

虚構推理シリーズ

城平 京

虚構推理

イラスト
片瀬茶柴

巨大な鉄骨を手に街を徘徊《はいかい》するアイドルの都市伝説、鋼人七瀬《こうじんななせ》。人の身ながら、妖怪からもめ事の仲裁や解決を頼まれる『知恵の神』となった岩永琴子《いわながことこ》と、とある妖怪の肉を食べたことにより、異能の力を手に入れた大学生の九郎《くろう》が、この怪異に立ち向かう。その方法とは、合理的な虚構の推理で都市伝説を滅する荒技で⁉

驚きたければこれを読め――本格ミステリ大賞受賞の傑作推理！

講談社タイガ

虚構推理シリーズ

城平 京

虚構推理短編集

岩永琴子の出現

イラスト
片瀬茶柴

妖怪から相談を受ける『知恵の神』岩永《いわなが》琴《こと》子《こ》を呼び出したのは、何百年と生きた水神の大蛇。その悩みは、自身が棲まう沼に他殺死体を捨てた犯人の動機だった。——「ヌシの大蛇は聞いていた」

山奥で化け狸が作るうどんを食したため、意図せずアリバイが成立してしまった殺人犯に、嘘の真実を創《つく》れ。——「幻の自販機」

真実よりも美しい、虚《うつ》ろな推理を弄ぶ、虚構の推理ここに帰還！

講談社タイガ

アンデッドガールシリーズ

青崎有吾

アンデッドガール・マーダーファルス　1

イラスト
大暮維人

吸血鬼に人造人間、怪盗・人狼・切り裂き魔、そして名探偵。異形が蠢《うごめ》く十九世紀末のヨーロッパで、人類親和派の吸血鬼が、銀の杭《くい》に貫かれ惨殺された……!?　解決のために呼ばれたのは、人が忌避する〝怪物事件〟専門の探偵・輪堂《りんどう》鴉夜《あや》と、奇妙な鳥籠を持つ男・真打《しんうち》津軽《つがる》。彼らは残された手がかりや怪物故《ゆえ》の特性から、推理を導き出す。謎に満ちた悪夢のような笑劇《ファルス》……ここに開幕！

講談社タイガ

バビロンシリーズ

野崎まど

バビロン　I

—女—

イラスト
ざいん

東京地検特捜部検事・正崎善《せいざきぜん》は、製薬会社と大学が関与した臨床研究不正事件を追っていた。その捜査の中で正崎は、麻酔科医・因幡信《いなばしん》が記した一枚の書面を発見する。そこに残されていたのは、毛や皮膚混じりの異様な血痕と、紙を埋め尽くした無数の文字、アルファベットの「F」だった。正崎は事件の謎を追ううちに、大型選挙の裏に潜む陰謀と、それを操る人物の存在に気がつき⁉

講談社タイガ

井上真偽

探偵が早すぎる（上）

イラスト
uki

父の死により莫大《ばくだい》な遺産を相続した女子高生の一華《いちか》。その遺産を狙《ねら》い、一族は彼女を事故に見せかけ殺害しようと試みる。一華が唯一信頼する使用人の橋田《はしだ》は、命を救うためにある人物を雇った。それは事件が起こる前にトリックを看破、犯人(未遂)を特定してしまう究極の探偵！　完全犯罪かと思われた計画はなぜ露見した⁉　史上最速で事件を解決、探偵が「人を殺させない」ミステリ誕生！

講談社
タイガ

井上真偽

探偵が早すぎる（下）

イラスト
uki

「俺はまだ、トリックを仕掛けてすらいないんだぞ!?」完全犯罪を企み、実行する前に、探偵に見抜かれてしまった犯人の悲鳴が響く。父から莫大《ばくだい》な遺産を相続した女子高生の一華《いちか》。四十九日の法要で、彼女を暗殺するチャンスは、寺での読経時、墓での納骨時、ホテルでの会食時の三回！　犯人たちは、今度こそ彼女を亡き者にできるのか!?　百花繚乱《ひゃっかりょうらん》の完全犯罪トリックvs.事件を起こさせない探偵！